U0926299

最初之前

张皓宸 著

天津出版传媒集团
天津人民出版社

在大部分时间里，我们并不存在

在某些时间里，有你而没有我

在另一些时间，有我而没有你

再有一些时间，你我都存在

——博尔赫斯《小径分岔的花园》

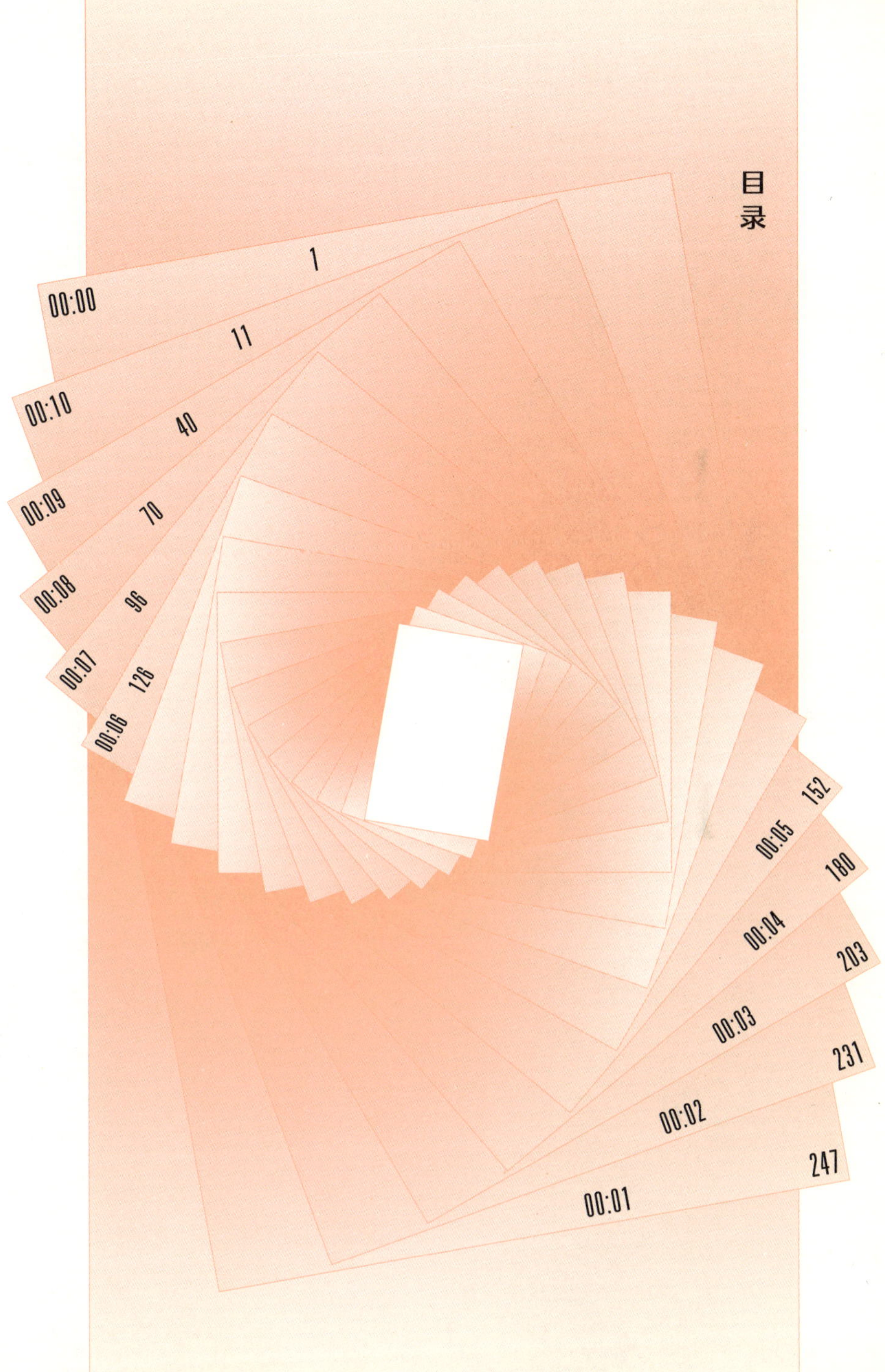

目录

00:00

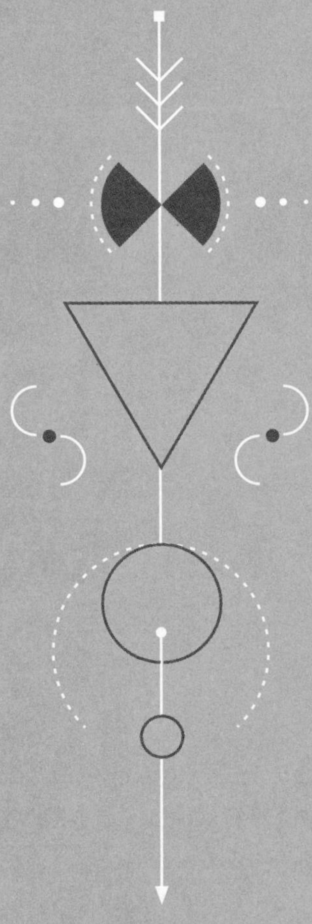

2

画面中有一个熟睡的老人。

有型的银色中长发，胡须爬满下巴，身下是讲究的真丝床品，四周墙壁刷着深灰色的涂料，白色大理石纹路的地板上放着一簇用橡果和尤加利叶扎成的干花。黄铜配搭黑胡桃木的床头柜上，智能穿戴手环适时收到信息提醒，在空中投射出一块通透的荧光幕，此刻时间是2060年11月18日上午7：40。

拉布拉多闻声进屋，贴在老人的床边来回蹭。老人从繁复的梦里醒来，如常抚摸它的头。

简单洗漱后，老人盘好头发，将拉布拉多的蓝色饮用水倒在碗里，不知从哪一天开始，弯腰明显吃力了，连拿着筷子刀叉，都要对抗两手不自觉的抖动。他起初以为这只是疏于锻炼的结果，直到记忆时明时暗，需要用力回想才能找到细枝末节；或者突然对生活丧失欲望，感觉不到时间的存在，在床前如枯木一般重复看日落，一天天就过去了。

老人颤悠着手，煎好鸡蛋，从面包机里取出两片烤焦的吐司，夹好，小心翼翼放到嘴边，却吃不下去。

他索性去衣柜里选了一件衬衫，在落地镜前，来回比画着领结和领带，最终选了一个灯芯绒的红色暗纹领结。出门前，套上呢子大衣，不忘那根银色的狮子头手杖。

拉布拉多趴在老人的鞋边呜咽着道别。

老人戴好手环，语音回复主治医生早晨发来的信息。

“我不治了，谢谢你。”

关于这个老人，其实有很多比在这个年纪查出胃癌晚期更值得说的事。昨夜，他刚过完七十岁生日，一个特别不像样的时髦老头儿，与一块插着细条儿蜡烛的栗子蛋糕，还有一只从亚马逊订购回来的仿生拉布拉多，在偌大的房子里，庆祝即将开始的时光旅行。

老人昨日收到一封神秘邮件，复杂的过场动画后，“时光投影技术”几个大字出现在屏幕中心，一行小字闪过：“如果给你十分钟，你想回到过去的哪一刻？”

昏暗的房间里，全息屏幕给老人的矫正眼镜镀上一层淡蓝的膜。他觑起眼，盯着画面中心转动的三维码，点击识别。

地址定位的地方，是一栋六十二层高的浅灰色圆柱形建筑，墙壁上规整排列着凸起的黑色窗户，远看就像是上帝遗漏的一块巨型乐高碎片。

根据三维码扫出的信息，这家叫SOULTIME（灵魂时刻）的公司，研发了一项新的黑科技——时光投影仪，这是近年来唯一通过国际技术许可协议的时空革命。

每个濒死的人，都可以凭合作医院开具的证明有偿享有仅此一次的时光投影。项目目前在体验阶段，是会员邀请制。

简单来说，就是时间旅行，但不完全是穿越，因为只是将此刻的灵魂，投射到过去的你身上，你可以看看曾经，与遗憾对话，而投影全过程只能持续十分钟。

“您还有哪里不明白吗？”梳着油头的管理员正坐在老人对面，他戴着黄色条纹复古眼镜，臃肿的白色制服里似乎藏着银色亮片背心和玫红色喇叭裤，下一秒电音响起，应该就会扯掉制服原地起舞。

老人从舞池的情景回过神，几分钟前，他跟随管理员乘电梯抵达六十二层的时光投影服务中心，这里错落有致地分布着十个房间，以古罗马数字逆时针区分，每个房间都配备一台时光投影仪，在电梯间墙壁的荧光幕上，显示着各个房间的使用情况。

扫视完这间纯白色的“Ⅳ”号房间，老人整理好领结，看着管理员胸口的名牌，彬彬有礼道：“Dandy，你好，为什么选中我啊？”

“您够讲究啊。”Dandy 对着老人按下动态相机的快门，取出照片递给他看，说道：“这是主打老年消费群的产品，我们也是要考察 KOL（Key Opinion Leader，关键意见领袖）带货能力的，虽然都 2060 年了，还是得看脸。”

动态照片上的自己被闪光灯吓住，神情略显尴尬，老人支着下巴颏，照片顶端若隐若现的一行“For My Soul”的标语让他看得兴奋又局促。

“然后是一些资料需要跟您核实。”Dandy 翻开档案夹，把照片贴在勒口，开始记录，“我看您四十年前有过一次婚姻是吧？”

老人点点头，道：“当时为了应付我母亲，差不多就结婚了，但没有爱，撑不了太久。”

Dandy说："所以还是像我们现在这样多好，没有婚姻制约束，大家接受大数据匹配的最佳恋人，不用花时间磨合，也不累，最关键的是还不会分手。"

老人反呛道："但是年轻人，这一切都让数据给包办了，你们还知道什么叫爱吗？我看这叫达成协议的合作。"

"爱就是合作啊！"Dandy说完，见老人不语，接着问，"您现在还有其他非超级人类的社会关系吗，比如自然受孕的子女或兄弟姐妹？"

"我家的狗算吗？"

Dandy一笑，利索地合上档案夹："我们开始吧。"

说罢，起身操作白色的电子墙，输入了一连串复杂的数字密码，在英文机器女声的一番聒噪后，墙内裂开黑色空间，里面装有一个手掌大的方形机器。机身背后贴附着两枚银色的磁力扣，Dandy取下一枚，拨开老人太阳穴的白发。

"会有一点点疼。"

"你好，我想再问一下，"老人举起手，又缓缓放下，"之前有人靠这十分钟改变了过去吗？"

"……有啊。"Dandy顿了顿，手一松，扣子吸附在老人额角上。

太阳穴像被针刺了一下，老人皱起眉。

Dandy有些不自在，俯身向老人耳语："但我们这机器只会在投影者本人的意识层面留下记忆，对现实是不会有任何影响的。放心吧，世界是改变不了的，所有的发生都是必然，我们人啊，就跟蚂蚁一样，你换哪个方向走都无关紧要，别把自己看得太重了。"

不太习惯变得严肃的Dandy，老人摸了摸扣子，触感光滑。突然，扣子震了一下，他旋即紧张起来。

“老爷子，人都是靠记忆活着的，如果你左右了过去，除了你现有的，还要承担所有改变后的记忆。”投影仪已经开机，墙面出现SOULTIME的标志——两圈星环套着一枚心脏形状的星球。Dandy说道：“我是说，万一记忆不那么美好的话。”

“那也会比现在这样好吧。”老人试图触碰投影仪。

Dandy将投影仪推到桌边，打断他：“好了，张先生，有且只有一次的机会，想回到什么时候？”

看到墙上出现自己的名字，老人慢慢闭上眼。

“别忘了，您只有十分钟时间。”

最想回到什么时候？

墙上开始出现电影里的蒙太奇画面，是老人的一生。

七十岁搬到这座卫星城的公寓，在仿生人和仿生狗中，选择了狗，他觉得狗比较安静，只要带“人”字的AI，都有背叛的可能。

六十岁时他拒绝了大数据匹配老伴，膝下无子，按照政策，只要是独身人士都可以住进政府特惠的共享格子社区。但他选择远离人群，到一个水乡居住，他不怕成人化的孤独，只怕人与人之间假客气的热闹。

五十岁时，母亲在睡梦里去世，母亲生前市井又乖张，张一寻与她的关系并不好，但她提过，死后不想困于深山。于是他用了时下最潮的宇宙葬，把母亲的骨灰系在橡胶树液做成的气球上，飞向太空。在世人偏颇的指点和叶落归根的传统里，老人选择了前者，倔强地做一个不孝子。

四十岁依然困惑的不惑之年，相亲认识的老婆跟他提出了离婚，这段婚姻只维持了五年。

三十岁时，有人愿意给他发表的文字出书，在外资咨询公司和作家梦想之间，为了生存，他选择了不喜欢但高薪的工作。

二十岁时，在大学的散伙饭上，他原本准备了一个藏着告白的可乐瓶，在要不要送给坐在对面的青梅竹马中两难。当女孩被同学激出一句“我以后可以向全世界讨一颗糖吃，就是不能浪费时间跟太熟的人谈恋爱”后，在送与不送之间，他选择了后者，从此青梅枯萎，竹马老去。他提前离席，没有与任何人告别，一路向北，成为北漂。

普通人的一生，应该有很多次选择之外的选择，总是在时间经过后，问自己一个问题，如果当初没有这样就好了，如果当初选择那样就好了。我们每个人都一样，在凡常的日子面前不敢有丝毫逾矩，在遗憾中不断试图忘记，但越想忘，记忆就越深刻。

南墙义无反顾地撞过，黄粱一梦的欢喜也落空过，心头的朱砂痣不忘，床前怎会有明月光。

老人眼皮抖动，墙上的画面停在2012年，大学毕业的那个夏天，散伙饭办在城中心最热闹的火锅一条街。牛油锅的味道打翻在空气中，与屋内强劲的冷气胶着着，把鼻腔挑拨得难受。

老人好像真的闻到了火锅味，还听到了四周嘈杂的声音。

耳鸣袭来，他不适地低下头，再一睁眼，是皮肤光滑的手背，他忐忑地抬起手，骨节清晰，有力而坚定，不再认命地颤抖了。

抬眼看，桌前正坐着当年的同学们，记忆一时间跟不上思绪，好几个都叫不出名字了。

“朱夏！”坐在老人身边的方脸男生激动着发言，“我觉得你今后肯定会跟张一寻好的。”

“别恶心我们了！”那个叫朱夏的女孩看样子喝多了，撂下筷子，捂着心口，拖着气儿说，“两个人能在一起，早就在一起了。生花生是甜的，煮熟了就不甜了，我以后可以向全世界讨一颗糖吃，就是不能浪费时间跟太熟的人谈恋爱。”

这句刺激的话终于让他适应了穿越的事实，老人用力看了看缺席他生命这么多年的女孩儿，微卷的长发随意盘起，衣服没遮住的四肢瘦削，肤白如雪，但脸上肉嘟嘟的，随着说笑的频率，眼睛里总像有水似的，轻轻一漾，就能看到光。

老人笔直站起身，这种挺拔的身体记忆，终于失而复得。此刻的他，特别想过去直接抱住朱夏，但必须要克制自己，即便要冲动改变过去，这也不是让她爱上自己的最好方式。

“好久不见。”老人冷静下来，实在不知该如何开场。

“一寻，你喝多了吧。”这个说话的叫什么来着，陆——乘风。大学表演系的颜值担当，用五十年后的审美看起来，仍然帅得无可挑剔。

“他醉了。”朱夏笑得花枝乱颤，脸上泛起红晕。

看着朱夏满脸的胶原蛋白，老人想起她迷信的美容招数：“你还用淘米水洗脸吗？”

“滚蛋，小时候的事儿你还拿来乱说。”

“看来记性没有那么不好啊。”老人继续逗她。

“张一寻，你去死！”朱夏一乱，手机没拿稳，直接甩进了锅里。

一帮损友笑出眼泪来，朱夏用筷子解救报废的诺基亚，心疼地嘟囔着。

“你还是老样子。”老人粲然一笑，不自觉露出上了年纪的口气，

“这些年还好吗?”

“你在说什么?!”朱夏皱起眉。

身子忽而有一丝过电的感觉，意识似乎清晰了些，一瞬间好像又看到一面白墙。上面的电子时钟在做最后的倒计时。老人终于想起此时此刻在做什么，他想着看一看就好，看一看就好。但真的看见了，多年来的不甘心又涌上心头，他不忍面对，眼前的美好即将再次失去。

十分钟的时间回到过去，大部分人都会选：有冷饮的夏天，第一次脸红心跳亲吻初恋时，升学第一天入学仪式时，与弥留亲人的最后一点温存时光。

从前比现在快乐。因为从前纯粹的笑很容易，现在连取悦自己都难。

如果张一寻选择告白，如果朱夏对他还有友达以上的一点喜欢，如果所有爱情故事的结局，都是“在一起”三个字。

如果有如果，那后来是怎样的后来。

Dandy 的声音在耳畔响起：“张先生，还有最后一分钟。”

老人恍惚了，他靠在椅背上，背包的肩带嵌进衣服，他慌张地翻开身后的背包，里面果真藏着一瓶可乐。

墙上的电子时钟正在做最后的倒计时。

00：15

00：14

00：13

脑中像是自己与自己对话。

年轻的张一寻问：“你觉得你能改一个更好的结局吗?”

“且看。”老人回答。

老人拿出可乐瓶，站起身，放在了朱夏身旁，叮嘱道：“除了你，谁都不能喝。”

00：12

00：11

……

00:10

12

张一寻从床上醒来，他环视周围，裂漆的墙壁，十来平的单间，除了身下勉强睡下两人的铁架床，只有一个铁艺桌子和四张色彩感人的塑料凳。他确定自己正躺在北京东交民巷的小房子里。对面的卧室住着一个从南昌上来的女生，因为上夜班的缘故，平时几乎打不上照面。

外面洗手间有动静。

朱夏洗完头进屋，用毛巾擦着未干的头发，劣质的棉质睡衣也挡不住她的风情万种。

“赶紧起床啊，你不去面试了啊？”

你们有过那种感受吗？

就是看到一处场景，或者说过一句话，突然有种似曾相识的感觉，像是重新经历了一次。抑或者回头再看过去的某个选择，你也不知道当时怎么脑袋一热选择A，而不是B，就好像平行时空的莫名回响，帮你做了决定。

我们的身体里，会不会住着很多个灵魂？

这是困扰张一寻很久的问题。

三个月前的大学散伙饭饭桌上，张一寻回过神，发现背包里的可乐竟鬼使神差地出现在朱夏身边，他吓得脸色陡变，记忆断了片儿，不敢相信是自己喝醉了。

朱夏来回捣鼓可乐瓶，嫌弃地说："你又不是不知道，我不喝碳酸饮料的。"

"我喝！"方脸男撅着屁股，准备上手。

张一寻惊得叫出声。

大家停下手里的动作，目光一致地掴他一脸。

"喝什么可乐，喝酒。"陆乘风神助攻，把可乐放回朱夏旁边。

惊魂未定的张一寻如坐针毡，只好借口不舒服提前离场。回学校的路上，坐的电动三轮翻了车，他扭伤了脖子，后背被沥青路磨掉了块肉。第二天朱夏赶来医院看他，水果鲜花什么的也没带，但在走之前忍不住拍了他的肩，说："可乐被我爸喝了。"

张一寻狼狈地按着脖子，又庆幸又挫败。

朱夏在门口停下，回头笑："他看到上面的5201314了，让我转告你，这个保质期，他批准了。"

朱夏决定放弃留校当辅导员的机会，跟张一寻一起去北京打拼。他们收拾好行李那天，张一寻后背伤口的痂也脱落了，刚好形成一个桃红色的心形。

因祸得福，前胸后背的心同步雀跃。

人就是这样，触到了多大的霉头，就能换来多大的幸运。命运的恻隐心，总在你跟它比惨的时候，朝你低头。

关于普通人的爱情，如果相遇而后无缝变成相爱，就是缘分，但如果在相遇和相爱之间加上时间，就是孽缘。

张一寻和朱夏的孽缘，具体始于哪一刻，他俩肯定当局者迷。青梅竹马的天然混沌属性，集合爱情友情亲情于一身，而这三种属性配合环境、性格、选择，会对命运的走向产生三种结果。完美爱情片是发展成了情侣，凑合的喜剧片是还能并肩胡闹几十年之久，若是悲剧剧情片，就是一方情感发生质变，一方还在友情的琥珀里，甘心做只友谊地久天长的小蜜蜂。

孽缘最初的相遇，是在他们五岁那年。

张一寻的妈妈叫林夕施，张一寻别开生面地解读了外公起的这个名儿，与知名词作者林夕就差一个字，前者生活在一线城市，后者三线开外，前者对长相充满想象，后者没有一点空间，前者我就是我，是颜色不一样的烟火，后者她就是她，是两块钱一捆儿的呲花。

林夕施没揍他，看来她没听懂。

林夕施的事迹可以单独写本书，简言之就是全村的希望，结果跟着公社预考考了两年都没过，大学无望后，也没上技校，靠着手上功夫去纺织厂当了女工，一做做成八级工，可惜太爱打麻将及喝酒，二锅头可以对着瓶子喝的那种，没评上标兵，人生差不多就得了。当时这种飒飒的女人属于时代的边缘人物，男人都爱白莲花，林夕施只可远观，观完就不想亵玩了。唯独其中有个牌友迎难而上，让林夕施在冬至那天，生下张一寻。

张一寻生下来头就特别大，八斤的胖墩儿搁床上不哭不闹的，以至于林夕施刚当妈那几天，还没适应角色，好几次喝多了回家，发现床上有个头，直接吓清醒了。

张一寻五岁那年，牌友爸爸劈腿被林夕施抓个正着，风风火火地去民政局离了婚，回来哭到昏迷，醒来就再也不喝酒了，带着张一寻搬到后来这个大院里，朱夏一家就住在他们楼下。

大院的小孩基本追着跑个两三天就熟了，但张一寻特别内向，留着妹妹头，别的技能不会，就会屁颠颠地抱着林夕施的大腿。朱夏的妈妈廖梅是幼儿园老师，平日里细声细语的，没什么存在感，倒是爸爸朱振东，是大院的居委会会长，年轻时是部队的文艺兵，转业后去了县里的宣传部，特别会搞活动带气氛。

有一次朱振东和廖梅带着朱夏在院里做小实验，用放大镜生火，感受大自然。林夕施那时在夜市摆摊卖衣服，靠着能言善道的咋呼劲，成了夜市一姐，刚好临近年关生意忙，这天张一寻就不情愿地被放到朱夏身边，一言不发地蹲在地上。

“你是男孩还是女孩啊？”朱夏一本正经地问。

张一寻呆了，回答得好不坚定：“男、男孩啊。”

“你留着长头发，又不跟我们说话，我还以为是女孩子呢。”说着朱夏主动拉起他的手，带他去花坛中心的水泥墩子上玩。

一两个小时过去，林夕施赶回来做晚餐，见张一寻和朱夏处得好，不忍心打扰，就在一旁看着。

不知从哪里起的一阵风，朱夏一激灵，突然拉着张一寻到旁边的草坪里，摸着栀子花，问他：“好看吗？”

张一寻不敢动，点点头。

“那你送给我好不好？”

张一寻听话地应声，折下一朵花戴在朱夏头上，放下手，朱夏红着眼圈，龇牙咧嘴地对着他笑，不知怎么的，张一寻眼睛里也裹起了泪。

结果这一幕刚巧被朱振东看到，呵斥他们。朱夏一番如梦初醒的模样，像变了个人似的，立刻跑去告诉林夕施：“阿姨他带我踩草坪还摘花！”

张一寻不知所措地呆愣着，记忆出现断层，明明上一秒他们还在水泥墩子上玩。从那刻起，他深深地记住了这个叫朱夏的女妖怪。从那以后，朱夏都飞扬跋扈地出现在他的世界里，而他总能恰到好处地帮她收拾烂摊子。

学前班那年，朱夏爱穿背带裤，上完厕所后不会系带，厕所里别的女孩都回班上了，张一寻正巧来，听见女厕所里嘤嘤地有人叫唤，进去一看，朱夏差点把自己勒断气。问她怎么弄的，她挂着两行泪，说记不得了。张一寻哭笑不得地帮她把带系上，结果好死不死被其他班的小朋友看见，又佐证了“张一寻是个女孩”这种惊世骇俗的传闻。

小学时他们过家家扮白娘子，张一寻就是捞不到一个男性角色，永远演小青，永远要站在朱夏身后施法，法海来了也要冲到最前帮她挡钵钵。演什么像什么，某天他照镜子发现自己唇红齿白的跟林夕施化妆后的效果差不多，他小小的心灵就崩塌了，于是就更在意自己的男子气概，说什么也不演小青了。

如果要过家家，他要当大哥，即便比朱夏小半岁，也要当她哥哥。

当哥哥的代价之一，就是帮朱夏写了六年的作业。朱夏从小记性就不好，经常好端端的突然失忆断片儿，廖梅和朱振东带她去了市里好几家大医院检查，各个医生都说法不一，基本达成共识是海马体有病变，但不影响生活。虽说记性差，但朱夏特别奇葩地对数字记忆深刻且有洁癖，算术本必须要字迹工整，看着张一寻小心翼翼写下 2+3=5 后，大喊一声：“你这个 2 写得太大了，我是女生，不能写太大！”

“你还记得你是女生啊！”张一寻哀号。

代价之二，张一寻从小成绩就好，每次都拿双百，写作文还拿过市里的奖，一直是廖梅嘴里的别人家的孩子。廖梅除了生了个漂亮的女儿，也没给世界做太大贡献，她是典型的那种命好的女人，家中排行老三，上面有两个哥哥，从小被宠大的，没经过什么大风浪，可能就是像白开水一样，才被当时过分活跃的朱振东看上，一喝就戒不掉了。

张一寻的优秀，一度让朱夏很有压力，因为只要她拿不了双优，就看不了《美少女战士》。为此张一寻从五年级开始，就故意考差，进游戏厅，还学大孩子骂脏话，以致他的人设在廖梅面前完全崩塌，左看右看，觉得还是自家的女儿好。

六年级的集体照里，全班只有张一寻没看镜头，原因是当时朱夏被旁边的同学踩到脚，叫了一声，张一寻条件反射地看向她，这一切刚好被镜头捕捉了进去。

后来有堂作文课的题目叫《我的好朋友》。张一寻的作文被当成范文在班上念，他写了一个青梅竹马的故事。

老师问张一寻：“你们做过最亲密的事是什么呀？”

他说：“看着她。”

这间位于皇城根的老房地段绝佳，但设施老旧，电梯总会分时段吱吱呀呀的，从电梯出来走到他们这间房，要穿过四条走廊，路过各色的内裤胸罩、红灯笼和中国结。

关于同居这事儿，他们跟家里人的说辞是，朱夏睡床，张一寻打地铺，朱夏的家里人都信得斩钉截铁的，只有林夕施比较鸡贼，在一堆牛肉干、猪肉松、老干妈的土特产里，塞了一包避孕套。

两人都是头一回跟异性同床共枕，难以入眠，相敬如宾地穿着睡衣背对着睡，但被子中间漏风，晚上会被空调的凉风吹醒。

关了空调，两人面面相觑，气氛一到位，终于互相啃起来。要知道初夜这种事，在别的情侣身上都正常，但在认识十多年的青梅竹马身上，多少有点别扭。即便张一寻在大学寝室里陪兄弟们看过一个硬盘的片儿，但看到朱夏的胸还是一时间有点不习惯。

张一寻大汗淋漓地趴在朱夏身上，像部队里询问教官的口吻问道：“我可以脱内裤了吗？”

朱夏深呼吸，点点头，问他：“我这个姿势可以吗？”

一切有商有量的，严肃又有效率。专家说，成年男人每次射精，都有千万到亿颗精子，事后用张一寻的话说，恭喜我们签订了一个上亿的合同。

他们住的房间算主卧，一个月一千块出头。其实在北京不算贵，但对从小城上来的二人来说，已然是砸锅卖铁斥巨资了。

当时带着朱夏走的时候，张一寻在家庭会议上，撂下狠话，既然选择去北京，就是为了证明自己能独立，生活费你们意思一下就好了。对于父母来说，新的城市不是新的希望，只不过是换个新的地方叮嘱孩子们穿暖和点。就像林夕施，非常务实，跟大学生活费一样，给了他八百块。朱夏的舅舅是中学教师，义愤填膺地跟朱振东说，要给孩子多一点生活费，北京房租和物价不是他们这种生活在小县城的人能想象的，至少应该给一千。

于是这对县城侠侣拿着一千八百块就坐着卧铺风尘仆仆北上了。

从北京南站坐地铁一路尖叫到国贸，结果在看了一圈房子后，尖叫变惨叫，最后综合考虑，非常有原则地选了最便宜的，两人安抚着单薄的钱包，如丧考妣地交出多半。

交完租金的那天，北京下了暴雨。

朱夏在只容得下一个人的厕所里洗澡，这里的淋浴每隔五十秒会变冷一次，朱夏习惯在心里默数，到了点就移开身子。这回洗了几分钟，突然不冷了，正庆幸这淋浴还算有点良心，结果四十秒后，水温无预警爆热，朱夏在厕所里惨叫。

张一寻以为出了事，箭步冲到厕所，朱夏伸出脑袋，把他当成靶子劈头盖脸地骂了一顿。

张一寻为了哄她，守在厕所门口，给她数数：“……39，40！躲！”

像是刚从战场上回来的花木兰，朱夏虚脱地坐在床边，头发如水草般耷拉着，抠着墙角潮湿的墙皮，一整晚都闷闷不乐。

隔壁的南昌妹在放一首年代很久远的歌。

张一寻在她面前蹲下，仰头问：“后悔了？”

朱夏移开眼神：“怎么会，就觉得有点狼狈。”

“你看过哪个爱情故事开头不狼狈的，总要给我们之后的生活留点念想不是。”

“怎么什么话都是你说啊。”

“因为我是上帝啊。”张一寻起身，捏了一下她的耳垂。

“别动我！”

张一寻浅笑，声音温柔起来：“傻瓜，怕什么，我在呢。”

朱夏抬眼看他，嘴巴嘟得老高：“我朱夏会怕吗？”

“会啊，怕自己不美。”

“滚！”

张一寻张开手：“快过来给我抱抱。”

朱夏跳到张一寻身上，闻到脖颈间熟悉的味道才稍显安心。那晚，张一寻听着朱夏安睡的鼻息声，心里从未如此坚定，一定要把大家的北京变成属于他们俩的北京。

大概每个男孩都是在拯救公主的时候变成英雄的，只不过那时的他们不知道，杀死恶龙之后，大部分英雄看着闪烁的珠宝，慢慢地长出鳞片、尾巴和触角，最终变成恶龙。

虽说这一年应届毕业生人数将近七百万，但或许受末日论的影响没了斗志，竟然投出去的好几份简历都得到了面试的回应。张一寻挑准一家国企单位的互联网公司，不过不在那栋地标建筑里办公，而在城西玉泉路的创意园里。朱夏则在某时尚杂志和银行之间左右为难，一边受美剧《欲望都市》影响，对时尚圈有窥视欲，一边是跟金融打交道的对口工作。受张一寻鼓励，索性两个都去了。结果上午在时尚大厦被一句“你还有什么要问我的吗”问到哑口，下午被银行的那句“你是希望同事比你厉害还是你比同事厉害”问到语塞。灰头土脸回到住处，整个人如同塌方般散在床上，用她那九曲十八弯的委屈，向张一寻宣告不满。

“你说搞时尚的，我问她皮肤那么好，怎么保养的，这也有错吗？”

张一寻环抱手臂，同仇敌忾：“没错啊！”

“还有下午那个银行的HR，他以为我不知道啊，这种问题怎么答都是错。希望同事比我厉害，那就说明我能力不行，我比同事厉害，干吗，新人上来就想掌控全局吗？”

“那你怎么答的？”

“我就说希望大家和气生财。”朱夏坐起来，提高声调，“这么伟光正的回答，银行又不是后宫，大家一个窗口各干各的，谁不是凭本事赚钱啊。”

张一寻被逗乐了。

“不许笑！”

“我、我笑是想说，我面试通过了。”张一寻笑意盈盈地张开双臂，却迎来朱夏一记枕头重锤。

“歧视！活生生的性别歧视！”

朱夏对那些大家津津乐道的行业都失了兴趣，转而在豆瓣的求职小组上另辟蹊径，差点都要去当摄影师助理了，后来被一则软件公司的招聘启事吸引，公司正研发新的软件技术，朱夏决心要为人类的未来做出贡献。

“我情愿以不那么端庄的姿态走向一份工作，只要北京肯欢迎我，我真的甘愿。”朱夏颇有诗意地向张一寻宣誓。

张一寻问：“那要是北京不欢迎你呢？”

“那我就走得端庄点。”

那家软件公司在五棵松，就在体育馆后面，称不上小作坊，但的确不大，前前后后三间房，六个职员。而所谓的新软件，就是可以直接从收费的金融数据网站抓取数据，用于自己模型的模拟计算，这样先于他人获得数据，然后用改良的模型获利。听着特别学术，但朱夏要做的跟这个软件本身没关系，她只需要打电话给黄页上的客户，推销这个产品。

在端庄地打了一上午电话，端庄地重复说了一百遍“您好，我是……”的开场白，以及被直接挂掉，喊“不需要”之后，终于碰上一个有意愿的，结果人家反问：“你这个会有法律风险吧，我们公司有一款新型的屏蔽软件，我觉得你们可以考虑一下。”

朱夏挂掉电话，兴致索然地滑开手机，不巧开了照相机的前置摄像头，此刻的嘴脸俗气得连自己都觉得面目可憎。只能用一个月一千五的实习工资催眠自己 all is well（都挺好）。

离朱夏几站路外的创意园里，坐在狭小工位上的张一寻还在回味早高峰的一号线。他长这么大除了晚上睡觉，还没跟朱夏贴得这么严实过，因为不想让其他猥琐男挤着朱夏，他只好弓着背，让朱夏躲在自己怀里。头上的扶手全被攻陷，他只能借身高优势全程捏住门上的一枚信号灯。

地铁到站的时候，他扶着腰像经历了九九八十一难，从人群里滑出来，朱夏扯着被挤歪的内衣肩带，半身裙拉链已经从后腰转到侧腰了。她说，终于体会到什么叫飞一般的感觉了。

张一寻打了个喷嚏，安静的办公室里似乎都有回声。他尴尬地朝四周看了看，怎么也料不到国企单位的严谨，不说话即是美德。即便同事们在公司门口碰到，也面无表情地进电梯，一天下来，静得如同置身荒野。

午饭在食堂，好不容易跟几个同龄人说上话，聊的话题竟然全是嫁娶，更可怕的是，知道张一寻有女友后，他们竟然不带他聊了。这个从南方小城来的出了名的话唠，竟然第一次掉进话题黑洞，除了谈婚论嫁，生活还有涮羊肉、九宫格火锅、红烧狮子头、鱼香肉丝、麻辣香锅、微博、淘宝、周杰伦、蔡依林、井上雄彦、世界末日可以聊啊。

回到工位上，张一寻看着电脑屏幕发呆，新闻上说，新媒体行业在未来几年潜力巨大。自己的工作内容就是运营单位的官方微博，但做了几天整理发布后，有点怀疑这力道是不是潜得太深了。

电脑进入待机状态，屏幕暗下去，露出一张仓皇的不知所措的脸，内双的眼睛混在高耸的眉骨里，眼角自然下垂，显得更加无辜，眼圈蒙着一层淡淡乌青，往日的少年感顿生了几分成人的世故。

朱夏和张一寻二人像是晦暗城市里电压不兼容的灯泡，在地图上努力亮起微光，短路，又灭了。他们想象过北京的生活，《奋斗》红的那年，他们才十七岁，那是他们第一次在电视上看到除了天安门以外的北京，他们决定北漂之前，又看了一遍《北京爱情故事》，把那些声色犬马背后的真相在心里细数个遍，提醒自己不要变成这样。

因为北京的诱惑太多了。

可现实中的北京，跟他们想象的全然不一样。因为大部分的人还在浪里泅渡，找不到浮板，没有生还的希望，就没有可以被诱惑的资本。那些在小城里浪里淘沙的聪明，在这里一文不值，唯一值得炫耀的，至少还有爱。

张一寻已经连续流了好几天的鼻血，经历过北京最美的秋天，后知后觉对北京有点误会，一夜之间气温骤降，在南方穿惯了秋衣秋裤一回到暖气屋子里又热得赶紧脱。上午还是蓝天白云，到了傍晚，走路是必须要牵紧朱夏的，否则几十米能见度，被雾霾吃了都说不定。

张一寻失血过多，朱夏按教程熬了一大锅骨头汤，小两口待在蜗居里，汤锅冒着热气，一人抱着一个碗。张一寻不正经，隔着热气朝朱夏抛媚眼，结果胳膊肘碰到桌板上的铁片，被静电电得直接把碗里的骨头汤倒翻，淋了自己一身，不过非常精准地咬住了一块飞出去的排骨。正想耍帅，彩色塑料凳裂了条腿，直接一屁股坐在地上，排骨也掉了。朱夏实在忍不住，笑到变形。

“疼死我了！”张一寻捏着脖子，“好像旧伤复发了。”

“真的假的？”朱夏赶紧放下碗筷，蹲下来。

张一寻猛地把地上的排骨塞到朱夏嘴上。

“你去死！”朱夏啪啪几拳落下，张一寻的肩膀真的阵痛起来。

“这回是真的……”

朱夏慌了：“啊？怎么办啊。”

张一寻歪起脖子，刻意扯下T恤领口，露出锁骨：“你亲一下试试。”

“变态！”

张一寻接住袭来的铁拳：“哎呀，能动嘴的时候别动手，这是情侣间最高级的互动方式。”

两人打闹的时候，外面传来开锁的声音，想想这个点南昌妹应该在工作。出于好奇，他们俩开了道门缝。只见南昌妹化着精致的妆，脱掉外衣，露出整身粉色的大嘴猴运动装。在他们当时的消费观里，老家天桥上摊位最多的山寨货，就是名牌，大嘴猴独占鳌头。

“厕所还用吗？”南昌妹问他们。

他们乖乖地把门打开，直起身子尴尬道：“不用了不用了。”

“我卸个妆。”

“之前没见你这样儿哈，”朱夏在自己脸上比画着，“你这衣服也挺好看的。”

“老板送的，正版的。”南昌妹强调，“哦，我换工作了，今后白天上班，但比你们晚，不会抢厕所的。”

那晚，他们很懂事地没有对南昌妹的新工作刨根问底，总感觉“老板送的”四个字就可以高度概括了。朱夏躺在床上，迟迟没有入睡，张一寻也很默契地失了眠，问她想什么呢。她只回答，我就不喜欢那些名牌啥的，没我淘宝上买的好看。

攀上高枝变凤凰，是影视剧、小说里都有的桥段，偌大的北京城里，这种人与人的变数，只是在非常合理的范畴内。有人尽己所能地靠自己，有人尽己所能地找到靠山。要么把自己变成一座孤岛，海水退去就是江湖；要么，就成为旁枝，大树不枯就还能被庇佑。所谓生存，不过就是一个又一个别针换别墅的选择过程。

五棵松的办公室里，朱夏正打着推销电话，对方接通后，她对着座机听筒按下手机里录好的开场白：“您好，我是……”

这坑爹的小脑筋让公司同事们目瞪口呆，她也的确省了不少买喉糖的钱。

老板来了之后，把朱夏叫去办公室，上周销售部的小吴终于跟客户签订了软件的购买意向书，当初这单的客服电话是朱夏打的，老板想带着她俩去上海撑撑场子，当面跟客户签单。

临走当天，张一寻坐在朱夏的行李箱上，卖着萌：“你带我一起走嘛。”

“别闹，我就去两天！”

两人你侬我侬地舍不得，但朱夏想着这是第一次坐飞机，马上可以看到黄浦江和东方明珠电视塔，还是止不住兴奋。

飞机上朱夏全程都装得像是常旅客，非常克制地只要了两杯橙汁。直到上了个厕所，起来不知道怎么冲，于是一通乱摸乱按，突然马桶传来爆炸一样的声响，把她吓个半死，脸色煞白地回到座位，看窗外云卷云舒，飞机降落在虹桥国际机场。

结果朱夏根本没看到明珠塔，出差当晚，老板和小吴在酒桌上醉得不省人事，朱夏也喝了不少。她终于明白，所有合同上甲方签的字，都是用酒精一斤一两换来的。不仅要付出脑力体力劳动，还要陪高兴，客户开心了就有门票，就可以通往那个成人世界的失乐园。

凌晨三点，朱夏在出租车上伺候着老板和小吴。羽绒服兜里，手机屏幕明明灭灭，数不清张一寻已经打了多少个电话。

一路上朱夏都不停把脑袋探出窗外，希望借凉风让自己保持清醒："我，钱包、手机不能丢啊不能丢。"

出了酒店电梯间，小吴趔趄着说想吐，让朱夏把老板扶回房。朱夏用了仅剩的半条命把老板甩到床上。掏出手机一看，三十二个未接来电，正想回，老板突然坐起来，示意她坐到旁边，胡诌起自己创业的艰辛，末了还上手撩拨朱夏的发尾。短路的朱夏这才感觉到不安，向旁边挪了挪，却被老板反身扑倒在床上。

老板眼神迷离，满嘴腥臭，说："你帮帮我吧。"

老板隔着衣服摸到她的胸，她无比清醒，一脚正中老板的双腿间。她捂着嘴，冲出房间就吐了，吐得太狠，逼出眼泪，索性就哭了，酒店的走廊太空旷，不敢哭得太大声。手机又开始震动，她慌张地直接关了机。扶着墙，保持最后一点理智，走回自己的房间。

朱夏把门反锁，挂上门链，再三确认后，洗了好漫长的一个澡，穿着衣服把自己裹在被子里，盯着天光放亮，然后去机场补了改签费，搭最早的航班飞回北京。

带着若干愁绪从天上回到地面，她想了好几种说辞应付张一寻，明明自己才是受害者，但越靠近东交民巷就越有负罪感。回到住处，家里暖气坏了，南昌妹裹着棉衣正巧从厕所出来。

不知道为什么，朱夏看到她的时候，鼻子莫名发酸。她没有接南昌妹的问好，此刻特别不想跟她待在一个空间里，她觉得脏。

房间门没锁，朱夏搓着手，推开门，张一寻正窝在床上。

“你、你怎么没去上班啊？”

原来昨天她走后，张一寻晚上觉得饿，就把剩下的骨头汤煮开，下了碗面吃。谁知骨头汤变质，吃成急性肠胃炎，上吐下泻了一整晚。

“你是白痴吗，都让你倒掉了，怎么还吃啊！”朱夏急道。

“想着别浪费……你做的嘛……”

朱夏强忍眼泪，摸了摸张一寻的额头，有点烫。

“你怎么提前回来了？”张一寻问。

朱夏吸了吸鼻子：“公司有点事，就改签了。”

张一寻闭上眼，抓着她冷冰冰的手，不发一言。

朱夏沉吟半晌，道：“你怎么不问我昨晚干吗去了？”

“你要说，肯定会说的。”

朱夏哭了：“你能不能不要每次都让着我？”

“傻瓜，怎么了？”

朱夏支支吾吾的，想说，又觉得没必要，未来还有多少事故排着队拿着爱的号码牌等着她，最后都得自己解决。看着张一寻这样子，所有委屈都不见了，她没想选择忍，而是选择先不去想。

下午进了公司，老板不在办公室，朱夏一路到自己的工位，感觉同事们都在偷瞟她，直到有人在公司的微信群发了一句："今后是不是她就变老板娘了？"

她终于确定不是错觉，二话没说，径直走到小吴的工位前。小吴正在小声呵斥着对面的眼镜男，看到她过来明显慌了。

"你跟大家说什么了？"朱夏质问道。

"说了什、什么？"

朱夏咧嘴一笑，故意提高声调："如果没说，怪我这乡下来的猜忌心重，但如果你把昨晚的事儿添油加醋说了半个字，我一定不会让你好看。想知道事情的真相吗，真相就是一个有老婆孩子的你的老板，和一个被他性侵未果的下属，今天这个工作我可以不要了，但你会为你说过的话负责。"

"你小声点！"小吴急了，"我喝醉了，误会了不行啊。"

"你确定你不是装醉？"

"你……"小吴哑口无言。

同事们看着朱夏把工位上的东西塞进包里，转身离开公司，动作之流畅，帅气异常。等下了楼，冷风灌进羽绒服，她才觉得后怕。如果不是那自小的一点无畏，又怎么会在如虎的职场面前，声张自己那微不足道的正义。

朱夏回了家，张一寻还窝在床上，纳闷着："欸？怎么那么快回来了。"

"我辞职了。"

张一寻满脸问号。

“昨天出差，老板对小吴毛手毛脚的，这样的公司不走留着过年啊，我整天打那些破电话早就打烦了。”

张一寻听完冷静得出奇，他只是掀开一半被子，说：“上来给你暖暖。”

朱夏钻进被窝，把冻僵的脚塞进张一寻的腿里。张一寻紧紧抱着她，什么话也没说，轻抚着她的头发。这顺势而为的温柔让朱夏紧绷的身子慢慢软下来，贴在他怀里，终于有了一阵妥帖的温暖。

她睡了好沉的一觉，暖气片不知什么时候修好的，被热醒时已经天黑了，转个身，旁边没人。

再见到张一寻，是在万寿路的派出所。

一个小时以前，张一寻等在朱夏公司门口，见她老板从楼上下来，刚上车，他就飞快地开门坐进副驾。

天色已晚，看不清车里发生了什么。

后来警察来了，把二人从车里拉出来，老板的衬衫扣子被扯掉半截，他抓着领口，生怕油腻的肥肉走光，大喊道：“警察同志，这有个疯子，他打我，快，抓走他！”

警察同志很听话地上前，直接扣押了老板。

原来，他们接到举报，有人使用数据软件漏洞不正当竞争，行为涉嫌违法。于是连带着公司剩下的几个员工，包括无端卷入的张一寻在内，全部押到警察局做笔录。

朱夏赶到派出所的时候，正巧碰上门口的张一寻，只见他双手揣兜，朝她傻笑，嘴里不时冒着白气：“从小就想当不良少年，一直没进过局子，今天体验到了。”

朱夏嘟着嘴，一把抱住他。

“没事了，我在呢。”张一寻在她额前留了个吻。

张一寻知道，这件事可能是无常生活里一段不值一提的坎坷，很快就会过去。

但为什么要让朱夏来经历，想着便忍不住愤怒，这些破事，终会成为记忆，被迫灌注在他们北漂的第一年，是他没有保护好她，此刻无比自责。

后来，朱夏也被通知做了笔录，好在她没有深入接触过数据软件的开发，从犯罪嫌疑人变成了证人，这段时间需要接电话配合调查。一时间，职场性骚扰和失业同步加载，让朱夏一下子失了斗志，在求职小组的页面停留良久，怎么也找不到最初的动力。

张一寻起身，把她连人带凳子扯到床边，一手环住她的肩膀，从背后抱着她，柔声道："我半年的试用期马上结束，可以领正式工资了，未来我养你啊。"

“那能有几个钱啊。”朱夏把下巴放在他手臂上，惆怅道。

“转正有四千呢，交了房租我们绰绰有余啊。”

“你第一天认识我啊，如果真的要靠你养，当初就不会跟你来北京了。”朱夏拍拍张一寻，示意放开她，移回桌子边，深吸一口气，刷新招聘页面，说："让暴风雨来得更猛烈些吧！"

张一寻不知道该用什么情绪回应她，要不是此刻没钱没戒指，他会立刻单膝下跪，向这个女孩求婚。

张一寻刚到公司，工资条已经躺在他的工位上，他像刮小时候的奖券一般满怀期待地打开，唯一不同的是，他已经知道这张奖券不是“谢谢惠顾”，而是一笔不小的“巨款”。令人大失所望的是，扣掉五险一金，表格上最末一栏的数字，只有 2213.53，有零有整，还有小数点。

忍了一上午，饭后到人事部逮住一个看着最面善的阿姨，询问面试时说的四千的转正工资去哪了。得到的回答却是，四千是那些做网站的应届毕业生的标准工资，现在运营微博的就他一个人，领导定了三千，税前。

张一寻牢骚满腹，之前风风火火揍别人老板的动力，在自己的工作面前立刻捉襟见肘。他认㞞地撂下一句不太狠的狠话："那也该通知我一下吧。"

人事阿姨回说："那现在通知了。"

"好嘞！"无法反驳。

出来透气，刚巧路过一台 ATM 机，张一寻查了下卡里的余额，四千多块。

他必须要面对接下来的一个棘手的问题，月底的房租一交，下个月吃什么。那踌躇满志在人民币面前，竟被勒索得全然不像样，他掏出手机，翻到林夕施的电话。

张一寻从小问林夕施要钱就没那么顺利，她是那种典型的铁公鸡，无论是以前买酒卖衣服，还是打麻将，都掉到钱眼子里出不来。小时候去游戏厅，管她要十块钱，她戏精上身，问："啥子？八块？你要七块钱做啥，我这就五块。"她摸了摸兜，说："刚好两块，省着点用啊。"

但具体问题具体分析，他打通这个电话，如果以朱夏为挡箭牌适时撒个娇，别逞强，或许立刻就可以提款，连利息都没有。

这是捷径。

捷径就是给人走的。

他正准备按下通话，一个浙江的陌生号码打过来。

张一寻大学里唯一一个好哥们，就是对面宿舍楼里的风云人物陆乘风，他们两栋宿舍楼在同一个院里。一边住着他们这种汉语言文学的书呆子，一边是表演和播音主持的未来明星们。

所以你会看到一种奇观，跟偶像剧情节差不多，什么女生们争相加入纪检小组来对面楼检查，上课下课总有各色美女在门口徘徊制造偶遇，以及从对面出来的都是名牌韩版廓形，这边出来的都是美邦杰克琼斯，两组人马交会，就是一场大型献爱心救助活动。

手牵手心连心，同住一个地球村，差距就是如此巨大。

其他表演系的男生每天各种自拍他拍精修图分享到网上，陆乘风是这其中人最帅、话最少，还低调的。他从来不发图，学校的贴吧里流传的都是他的生图。山寨手机的摄像头是检验帅哥最好的标准。他很宅，为人冷冰冰的，一般人想看到他，要么闯进他寝室，要么跟踪他的课表，要么就是在年底的文艺会演，要么就是找张一寻。

陆乘风是主动加张一寻校内的，他的验证信息是，交个朋友吧。张一寻吓得关掉了校内，以为陆乘风要追他。其实因为张一寻喜欢在校内写故事，陆乘风某天点进去，看了几篇就看进去了。那会儿他的同学们都爱谈最速食的恋爱、穿最好的衣服、喝最大的酒，没有共同话题是很可怕的事，他觉得张一寻是可以聊的人，没多想，直抒胸臆。

一来二去他们真成了朋友，某种程度上，他们挺像的，都是天蝎座，听的歌看的书也差不多，连豆瓣看过的片单都能互相对上号。唯一不同的是，张一寻比较外放，陆乘风对不起他这个名字，没有我欲乘风归去的爽快，甚至有一点悲观。

两人在大学时常黏着，有什么话，都不需要说，一个眼神就能懂。关于陆乘风的眼神，有段佳话特别值得说。大二刚入夏，陆乘风给了张一寻几张漫展的门票，打开了他新世界的大门，在张着嘴路过行走的路飞、犬夜叉、宇智波佐助之后，大老远看见台上留着白色长发、身穿紫色仙袍、画着红色眼影的陆乘风。

陆乘风也看见了台下的他，用力给了他一个迷离的眼神，眉中心的朱砂图腾仿佛是一记黯然销魂掌。台下尖叫连连，张一寻这才知道他是当地知名的 coser（角色扮演演员）。

表演结束后，他们坐在舞台边，陆乘风啃着汉堡，问他，没吓到你吧。张一寻摇摇头，很认真地回答道，从小跟朱夏也是这么演过来的，陆乘风问他扮演谁，他没敢说。

两人一起逃课，一起打电动，一起打球。张一寻刚喝过的矿泉水，陆乘风可以抹着汗，直接抢过来，对着瓶口喝。

为此张一寻很认真地问过他："你真的不是同性恋吗？"

陆乘风进入角色，送他一个撩拨的眼神："怎么，想验证一下？"

"是在下放肆。"张一寻抱拳退让。

那次坐三轮翻车后，张一寻在医院休养了一周，陆乘风买了一大篮水果来看他，说接下来这几年的水果一次性都买上了。他要去横店拍戏了，签了个驻扎在横店的经纪人。他古装扮相好看，那边机会多。

"我们江湖再见。"这是他走之前，对张一寻说的最后一句话。

谁知从象牙塔一别，北京就成了江湖。

张一寻请了两个小时的假，在茶餐厅里跟陆乘风聊得火热。半年未见，他们一点也不生分。陆乘风留着时髦的中分，穿着一件单薄的高领衫，在剧组混了半年，也不显疲累，反而把精气神打磨得更加明亮。他在横店拍了两部戏，都是小角色。这次经纪人带他来北京见了个大导演，如果顺利的话，月底就进怀柔的组了。

“快说啊，那个大导演是谁？”张一寻按捺不住，“我猜猜，冯张陈贾，还有谁……”

“你刚说的里面的。”陆乘风忍不住开心。

“我去，你要发达了，红了可别忘了我。”

“凭你每天给我朋友圈点赞的频率，应该忘不了。”陆乘风嘲他。

“还说呢，我点你十次，你就给我点一次。”

“我都看了，手懒。”陆乘风笑得如沐春风，“我看你跟朱夏也挺好的。”

张一寻嘴角弥留的笑有些僵，他顺嘴说：“在北京都一个样儿，还得努力啊。”

他们之间的默契，这点心事完全藏不住，陆乘风看出了他话里有话，索性换了话题：“最近还有写东西吗？”

“太忙了，没空写。”

“你在国企上班归上班，我觉得你还是得坚持写。莫言不都得了诺贝尔奖吗，中国未来的文坛要靠你啊。”

“别埋汰我了。”

“我就是客气一下。”

“哈哈哈。”

暮色四合，两人聊得意犹未尽，张一寻赶着回公司打卡，还非要抢着把单买了。跟陆乘风道别后，朱夏的微信把他打回现实，她说今天收到两个公司的面试通知，等他回来庆祝。张一寻发了三个花痴的表情，关上手机，躲进寒风里。

12 月的北京，像是同时吞进了整盒的薄荷糖，沁心又辣嗓，真的太冷了。

电话响了好几声，林夕施才接上。

张一寻抱怨："怎么那么久才接啊。"

"这不是在打麻将嘛，干啥？"

张一寻刻意找了个没人的胡同，在寒风里瑟缩着："没，就是……想你了。"

"要钱啊？"林夕施直截了当，"二筒，碰碰碰。"

电话里传来朱振东的声音："我都摸牌了你才说。"

"叔叔阿姨也在？"张一寻一惊。

"哎哟，我儿找我要钱没看到吗……"

"啥？"是廖梅的声音。

"我啥时候找你要钱了！你开免提！"张一寻气到肝颤，"都说了你们今后不要在一张桌子上打牌，哪有一家人自相残杀的。"

"一寻，你们怎么样啊？"廖梅那杀人于无形的柔声传来，张一寻不住打了个冷战。

"挺好的啊，就是天冷了，问候下我妈。叔叔阿姨你们放心啊，我们现在这一个月赚的可是比你们工作了几十年赚的还多，你们就放心把朱夏交给我。"

"谁说的，还在观察期，现在可还是在我手上呢。"廖梅习惯性谨慎。

"哎哟，说得好像你们不同意，别个小两口就不腻歪了一样，你看他一口一个朱夏的，你们种的白菜被没被猪拱我不晓得，我这养好的猪反正是没了。”林夕施道。

廖梅说：“瞧你这话说的！”

“哎哟！幺鸡，杠！”林夕施大叫。

“杠炮！杠炮！”

“妈呀，杠开了！！！哈哈哈哈！！”

……

林夕施的笑声太张狂，张一寻皱着眉挂上电话。这些年他已经习惯他们相爱相杀的相处模式，三个人再加个朱夏的舅舅廖大幅，必要时总会组成中年F4，枪口一致对外。青春期什么别开生面的躁动都被打击报复过。

张一寻回到家，朱夏兴致勃勃地把他拉到桌边，展示自己用了大半天时间学做的菜，坐等老板品鉴。张一寻配合地正襟危坐，挑起筷子。麻辣鸡丁非常努力地想证明它很辣，一口咬下去半生的粉蒸排骨终于让他反了胃。

“房东催我们交租了，你收到了吗？”朱夏以为他吃得太急，边说边拍他的背。

“嗯，你不用拿钱出来了，我来交就好。”张一寻放下碗筷。

“那行，生活费我出。”

“算那么清楚啊。”

朱夏说：“那还不是因为喜欢你。”

张一寻问：“只有喜欢啊？”

“不然呢。”

“不love呀。”

“love啊。”

“那你说三个字。”

“什么……”朱夏害羞，“三个字？”

“我什么你啊。”

“你怎么不说！”

“我是上帝啊，神爱世人。”张一寻双手合十。

两人聊得正欢，他们不知道隔壁的南昌妹刚从房间出来，她烫了个大波浪，挎着老花LV，身后是一个粉色的Hello Kitty行李箱。

南昌妹不告而别的退租对他们来说是场灾难，意味着他们要么立刻找到新的室友，要么就要付下两间房的房租。在58同城上发布了几天的租房信息都无人问津，好不容易有一对情侣上门，看了眼厕所，还没走到房间就放弃了。

他们凑好银行卡里的钱，最坏的打算就是交完房租，两人下个月投靠父母。但张一寻要面子，始终不愿向他们承认当初的一腔孤勇失败了。倒是朱夏想得清楚，不必只报喜不报忧，毕竟来北京是她自己的决定，不能让张一寻独占压力。

讨论未果，两朵乌云在二人头上飘了好几天，不安定的氛围在冬天的雾气中冷冷地弥漫。

朱夏这天面试的是一家在远洋国际中心的知名公关公司，吃过之前面试的亏，她决定不要刻意扮高情商了，从心，想到什么说什么。在策划部的主管问出那个“你有什么要问我的吗”的送命题后，朱夏不假思索地问：“您叫什么呀？”

主管粲然一笑：“言午许，念念。”

“英文名呢。”

“没有英文名。”

“啊，你们这一行不都该有英文名吗？”

“我们是哪一行？”

“搞公关的，就是很洋气啊，”朱夏聊开了，“念念姐，你工作多久了，在这里工作开心吗？”

许念念显然被问乐了，竟然非常认真地回答她：“我比你大两岁，这是我第二份工作。开心不开心我不知道，我只知道还算舒适。舒适不是说不累，而是超出预期，又不让你觉得有负担。”

“我不怕负担，也不怕累，加班什么的都没问题。我白羊座鬼点子可多了，但我就喜欢工作上干净磊落的，不喜欢搞那些有的没的，忍不了。”

“你这样想挺好的。”

“谢谢。”

“我没有在表扬你哟。”许念念画风一转，“做策划的，今天客户会表扬你的创意，明天就会因为你交上一个跟这个方案差不多的PPT时告诉你，觉得不够，你的才华去哪了。这一行，就是人家说你好的时候别往心里去，否则说你不好了，你也会当真。这个世界，说你好和不好的可以来自同一批人。成年人啊，拣对自己有用的听就好了。”

朱夏听得愣了神，觉得好有道理。

跟许念念聊完出来，朱夏觉得如沐春风，想说即便没有应聘上策划的职位，见到了一位仙女也挺好的。坐电梯来到一楼，见星巴克里各色白领出入，考虑再三，决定奖励自己一杯咖啡。

“想要跟他们一样。”

这是朱夏当时心里对自己说的话。

排队等咖啡，前面一个留着利落短发的女生嫌弃美式太水了，要求店员重做。

大嗓门一点客气的余地都没有，出入的白领都朝她看，店员不是很高兴。

“怎么着，是还有脾气吗？”那个女生继续说，“还是说需要我教你怎么做？”

朱夏听着女生的声音，似曾相识，直到女生终于拿到一杯满意的咖啡，转身与她四目相望，青春的记忆碎成斑驳的片段，在往事与故人面前，重组成一条甬道，往日的画面渐渐鲜活起来。

命运告诉我们，家庭是人生的第一道底色，含着金汤匙出生，或者在起跑线开着跑车都不重要，重要的是父母给你上了什么颜料。无论日后是蹚水过河，还是开坦克飞机，都无法摆脱原生家庭给你的颜色。

在朱夏和张一寻的青春里，有一个底色刷着红的伙伴。

红有很多意思，吉祥、喜庆、鲜活、热烈，但同时也是革命、警示，与血腥。这是邱白露的颜色。

邱少回来了。

00:09

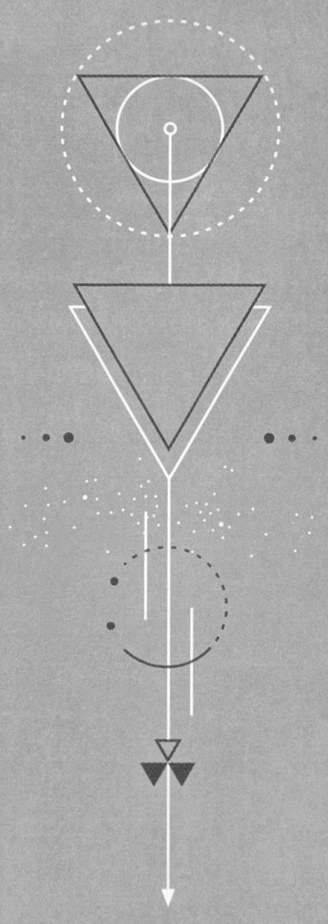

张一寻对于初中高中都跟朱夏一个班表示强烈后怕，宿命的既定感让他不得不加倍对这个女孩好，否则感觉会遭天谴。

初中那会儿要按成绩排座位，有个寸头男生老是色迷迷地看朱夏，好死不死他破天荒地跟朱夏考出了一模一样的分数，成了同桌。张一寻一直努力考差，终于跟朱夏成为前后桌，从此成为朱夏的背后灵兼保镖。

那会儿朱夏喜欢穿带帽子的衣服，他就把她的帽子当成移动的垃圾桶，寸头男想说话，他就扔一团纸进去，想问她借橡皮擦，他就扔零食包装袋，想主动帮她写作业，他就远程攻击，把苹果核像投篮一样，正中篮筐。

“张一寻你够了啊！”朱夏成功转身，寸头男在一边气得龇牙咧嘴的。

一整个学期过去，张一寻问她为什么喜欢穿各种各样有帽子的外套。她说因为上学的时候戴上，风就不会把她的刘海吹乱了。

她特别在意自己的刘海。

不知道那会儿的女生都中了什么邪，无论背后的头发是长是短，额头一定要有刘海，而且一定要拉直。走一段路，就会习惯性地甩甩刘海，一有风吹过，就像护孩子一样按住它，按的力度也有讲究，太重会贴住泛油的脑门，太轻会吹分叉。

朱夏是这群女孩里的翘楚，她从刘海，到耳朵后，到腮帮子边，到肩上，到背上，分别剪出五层头发，张一寻经常呛她，为什么把蛋糕裙穿头上。

张一寻他们的班主任姓廖，是个教语文的，有点龅牙，讲课讲到忘情时会自动喷水。但只要底下的同学笑出声，就免不了被“锁”。不是锁进小黑屋的“锁”，班主任是练柔术的，直接就地正法，还告不了他体罚。

为此班上的调皮捣蛋们都挺怕他，唯独朱夏不怕。

在朱夏第五次顶着“蛋糕裙”从班主任面前经过时，班主任忍不住上手拨乱了她的刘海：“干吗，以为自己是金毛狮王啊。”

“啊啊啊啊！”朱夏拿出印着美少女战士的化妆镜迅速整理刘海。

“限你今天放学就去给我剃了，否则回去我给你剃。”

“你这是限制人权啊，舅舅！”

“你才多大点儿啊，跟我谈人权。”

“最讨厌你们用这种大人的自以为是看我们了，大家不在一个档次，无法交流。”朱夏继续理着刘海，翻了个悠长的白眼屁颠颠地走了。

“回去我就跟你爸说，让你瞎嘚瑟！”廖大幅在身后气不打一处来，正愁技痒呢，看到后面点头哈腰的张一寻。

上前就是一“大幅锁”。

张一寻抱着廖大幅粗壮有力的腿，在地上叫苦不迭：“廖老师，我只是路过的！”

“她妈说了，朱夏就是跟你学坏的！”廖大幅义正词严道。

自从张一寻在小学人设崩塌后，廖梅总把张一寻当坏孩子看，要不是念及他对朱夏诸多照顾，以及背后有个难缠的林夕施，不然肯定禁止他们往来。用年轻人的话说，廖梅作为张一寻的真爱粉，当初有多爱，脱粉了就有多恨。

朱夏那天放学以后，真的去了理发店，不过是把头发又拉了拉直，在镜子前晃悠着脑袋，百分百满意。

后来教育局的领导来学校检查，廖大幅警告朱夏，什么时候剪头发什么时候回去上课。当过兵的朱振东自然是军训级别处置，没见过世面的廖梅就天天以泪洗面，觉得自己的女儿青春叛逆期来得太快。朱夏被关在房间里，一日三餐只提供平时七成的量，她索性三餐都不吃了，要饿死在屋里，跟恶势力抗衡。

那几天晚上，张一寻趁着林夕施睡着，煮好面，再放两根美好火腿肠，把碗放在锅盖上，四边绑好绳子，在窗户边给朱夏吊下去。

朱夏在纸上写好“怎么才送下来，饿死了”，然后贴在锅盖上，扯扯绳子。

张一寻热切地把绳子拎上来，回复她：“我妈店里今天生意好，回来晚了点。”

说句题外话，林夕施摆摊的夜市因为市政规划被整锅端了，歇了一整年，她痛定思痛，用所有积蓄开了一家新的店，林家茶楼，而且就开在他们院子里，朱夏和张一寻的单元楼下。她终于可以如愿以偿，醒来就下去搓麻，搓累了就上去睡觉。躺着，感觉就把钱赚了。

“你家有老干妈吗，给我舀一点。”朱夏问。

张一寻踮着脚尖去厨房，装了三个矿泉水盖子的老干妈，附上字条：“你准备什么时候去剪头发啊？”

“不剪”，外加三个粗壮的感叹号。

“你不剪，就去不了学校，我都看不到你了。”

“正义败给邪恶，不见也罢。”

“你喜欢的那个叫林俊杰的歌手，好像发新专辑了，我看音像店挂了海报。”

“陪我去剪头！立刻！”

周一校领导来检查，少先队员们注视着国旗行着礼，精神抖擞地唱着国歌，台上大腹便便的领导背着手，满意地看着祖国未来的花朵们，直到看到廖大幅他们班的队伍里，有人戴了个小黄帽。

朱夏挂着泪，抽抽道：“从小头上就长癣，老是被嘲笑，不敢脱帽子，希望领导别介意。”

领导用老父亲般的眼神安抚她，转头责问廖大幅这个班主任怎么当的，怎么能允许校园霸凌的存在。廖大幅吓到腿软，忙解释，都是小孩子间的误会，哪能上升到校园霸凌啊。

看着平日里颐指气使的廖大幅瞬间变得怯手怯脚的，朱夏这几天受的气，终于消失得无影无踪。

中考那年，超女大热，朱夏喜欢周笔畅，剪了短发，风水轮流转，同年年底，飞轮海横空出世，男生又流行起刘海，且要拉得笔笔直。张一寻看过《终极一班》后，也想当不良少年，就跑去理发店做了个定位烫。这下轮到朱夏嘲笑他，你为什么要在后脑勺装个大风车。

“大风车，吱呀吱哟哟地转，这里的风景呀真好看。”唱出来了。

朱夏边笑边跑，张一寻就捂着脑门，边追边笑，一起朝不具名的某个地方，践行他们的准高中生活。

张一寻在同龄男生里算比较晚熟的了。那会儿他们县城电视台有一个午夜的点播频道，用座机打个电话就可以点播电影片段，其中最火热的当属《星河战队》的片段六，是一段男女主角的激情戏。当张一寻看着女主角脱掉衣服，露出难以名状的傲人身材时，他觉得自己已经到了人生的巅峰，于是像着了魔一样反复打电话播那一段。刚好第二天生物课讲到了所有男生最期待的生理卫生那部分，张一寻从早自习见到朱夏那一刻开始，眼神就迷离，不小心瞟到那发育过快的胸部，竟然幻想她脱掉衣服的样子。

走神了大半节生物课，张一寻一直盯着朱夏脖子上的内衣系带，看久了就不自觉上手，轻轻地捏住了带子一角。

此时班上的气氛特别诡异，时不时传来一两声坏笑，估计生物老师也紧张，讲到男性的生殖器图解，嘴瓢冒出一句：“精子大家都见过吧?”

全班先是一愣，然后爆笑，朱夏往前一探脖子，结果张一寻直接把她内衣带扯掉了。朱夏一声尖叫，张一寻也吓得叫起来。

“你们俩干吗！”

“老师，他们俩见过！”旁边同学神补刀。

班上又再次爆笑。

那会儿他俩的绯闻传了千里，张一寻每天早晨都给朱夏一袋花生奶，说是林夕施让他给的。两人用课本挡住头，默契地咬破花生奶包装一角。学校的广播站放林俊杰的歌，朱夏就拉着张一寻坐在第一排的座位上，非常有仪式感地不能讲话，必须认真听歌。

这些都被同学们看在眼里，更何况他们上学放学都形影不离的。

但两个人丝毫不避讳，可能都觉得心里澄明，彼此最知道这段关系的落脚。

男生们无聊搞班花评选，张一寻在纸上犹豫了很久。四周七嘴八舌的，有人八卦问他，你肯定写朱夏吧。打从心里讲，他跟朱夏从小长大，已经形成了视觉盲点，看不出美丑。但他还是写了朱夏的名字，不是因为长相的关系，即便今天是班委评选、班丑评选、最聒噪的人评选、最霸道的人评选、最好的朋友评选、最在乎的人评选，他都只能想到她。

那段时间，张一寻总魂不守舍的，周末在林家茶楼帮忙，跟林夕施摆龙门阵，聊着聊着就出神。

“水不要钱啊！”林夕施关上水龙头，打断他，“想什么呢？”

“没、没想什么。”张一寻认真擦起杯子。

“有喜欢的人了？”

“妈，你说什么呢！”张一寻慌张道。

林夕施说：“我看朱夏挺好的，虽然她那妈不怎么样。”

“妈！跟你十六岁的儿子说这种话合适吗？”杯子没拿稳，差点碎了。

“别在我面前装单纯，你背着我点了那么多遍《银河部队》合适吗？”林夕施声色俱厉，“你今后放学就来我这帮忙，补偿我这一个月的话费！”

像是偷看三级片被当场抓包，张一寻涨红了脸，半天喊出一句：“那叫《星河战队》!”

夜深后，张一寻在床上辗转反侧，他反复问自己这个问题，对朱夏的感觉，应该不是喜欢吧，只是习惯，像亲人一样的习惯，对待妹妹的那种习惯，哥哥怎么能喜欢上妹妹呢。

越想越害怕，把枕头罩住脑袋，强迫自己快点睡过去。

在张一寻还在躁动的青春期里自我问询时，朱夏已经步入了她光荣的早恋时代。

事情是这样的，朱夏跟同学打赌输了，放学去办公室偷被没收的《麻雀要革命》，结果偏偏碰上杀了个回马枪的廖大幅，虽然现在不教她了，但一日为师，终身是舅，让她留在办公室抄《麻雀要革命》的第一章，什么时候抄完了，什么时候拿走书。朱夏忍气吞声，在快把“遭遇！悲惨宿命中的背影少年”写吐之后，她发誓这辈子再也不看青春小说了。

到了晚上，学校大门紧闭，门卫也不知去向，她只好从操场边翻出去，瞄了半天行动路线，结果一脚踩了屎。最可怕的，是她不知道此乃人类的作品还是猫狗的宝藏。

泛着顶配的恶心，朱夏踉跄地从树丛里出来，刚好碰到在旁边练习长跑的高三学长邱天，知道她中了招，邱天二话不说在旁边折了根树枝递给她，见她刮得狼狈，示意她坐在水泥墩上，把她脚抬起来帮她刮。

一系列动作发生在十几秒之内，朱夏却脑补了所有刚刚抄完的故事情节。邱天弯着腰，被汗水浸湿的背心黏在前胸，露着结实的胸肌，如果没看错的话，胸肌上还有一个天使翅膀的文身。

她决定要做郭妮一辈子的脑残粉，这就叫，看什么来什么。

至此，朱夏跌落情网，越扑腾裹得越紧。

大多数少女心事都殊途同归，尤其在暗恋时表现得淋漓尽致，朱夏着了魔，说他们是情侣名，一个像夏天一个像秋天，于是动用各种关系，找来了邱天的QQ号，验证信息写上“我们在操场见过的”，觉得不妥，想删，结果不小心碰到回车键，输入框只保留了前四个字。

她想死。

没想到邱天还通过了。朱夏太羞耻，不敢打扰他，只对他设置了隐身可见和上线提醒，有时候看见他正在听的歌曲，恰巧和自己听的是同一首，就可以高兴一整天。

那时还不流行贴面膜，但爱美之心人皆有之，朱夏也不知从哪里听来的偏方，用淘米水洗脸可以美容。她为了在邱天面前赏心悦目，晚上趁爸妈睡觉，偷偷潜进厨房，把大米冲进马桶，留下淘米水，洗完之后，再冻一盆第二天早上备用。为了不让袋里的米留出破绽，朱夏还找张一寻外借，从他家里匀一点过来，以致林夕施发现异样，买了一堆老鼠药和老鼠夹。

学校为了让高三学子安心备考，在马路对面租了一层写字楼专门做高三部，邱天偶尔会来学校里训练，为了匹配邱天已经成年的男性荷尔蒙，朱夏背着家人买了条胸开到锁骨之下的连衣裙，只要邱天去操场跑步，她就打扮招摇地去游街。不巧这天突下暴雨，装了马达的邱天一溜烟不见了，只有朱夏被淋成落汤鸡。

张一寻在教学楼的花坛找到她的时候，眼线已经融到鼻子上了。

他把自己的校服脱下来，让朱夏反着套上，自己穿着一件单薄的T恤坐在一边等雨停，很多话到嘴边，却开不了口。倒是朱夏病怏怏地说，回家吧，我饿了。

那段时间除了挂QQ等级，整个学校还流行写交换日记，班上有同学在一个署名叫“流浪者漂流瓶”的本子上找笔友，说张一寻笔杆子厉害，让他也玩玩。

张一寻无趣地翻了翻，半个本子都被写满了密密麻麻的字，大概是A to B，B to C，初一到高三年级不等的十余人，互诉衷肠。本子的主人是个叫邱少的初二男生，这鬼东西俨然就是提前了好几年的纸上BBS。

张一寻第一次写，不知道写给谁，就写给邱少了，在问完为什么要做这个本子之类的一堆无关紧要的官方问题后，才补了一句：青梅竹马恋爱了，为什么有种被背叛的感觉。

他给自己起了个鸡皮疙瘩满地的笔名，叫“离天堂8英尺”。

邱少回复他了。

“因为你喜欢她呀。”

张一寻不信，想着跟初二的小孩没什么可交心的，把本子还给了同学。他总觉得朱夏只是给无聊的高中生活找点乐子，就像她从小一刻不得闲，这一波三分钟热度，很快会结束的。

学校的秋季运动会如期举行，张一寻没报什么项目，带着几个同学搬了桌椅在操场写宣传稿。邱天是体育生，长跑是他拿手的项目，只是他没想到，在备赛的队伍里，看到了朱夏。

朱夏的视线一刻没离开过邱天，他们对上眼神，不自然地移开。

邱天走过来向她问好:“又是你。”

“真巧啊。”

“看你不像是运动的人啊，怎么会报这个项目?”

朱夏打肿脸充胖子:“我很喜欢跑步的。”

邱天笑道:“哦?很不一样嘛。”

裁判吹哨，邱天向旁边指了指，示意自己要上场了。

“邱学长，”朱夏叫住他，“我叫朱夏，你会记住我的!”

“已经记住了!”

一千五百米的长跑对朱夏这个运动白痴来说，简直是通往天国的阶梯。果不其然在跑完第三圈的时候，眼睛一花，她晕倒在了跑道上。比赛完的邱天推开熙攘的人群，张一寻已经箭步冲到跑道上，把朱夏扛了起来。

张一寻吓傻了，边安抚她边往医务室跑。朱夏的胃被他的肩膀来回颠着，一个没忍住，直接吐在了他头上。

等她在医务室挂上点滴，意识稍微清醒后，问张一寻的第一句话竟然是:“没被他看到吧?”

张一寻擦着头发，没有理她。

“问你话呢!太丢脸了。”

终于，张一寻把毛巾一丢，气急败坏地说:“你疯够了没有!”

“我怎么疯了?”朱夏愤愤道。

“这一点都不像你，我认识的朱夏没有这么卑微过，拿自己的身体开玩笑，偶像剧看多脑残了是吗!”

“张一寻你是我的谁啊，凭什么这么说我!”

“我、我是你哥!”

“比我小的哥!你真以为我们还在玩过家家啊。我们都长大了，你根本不懂，什么叫喜欢一个人。”

“我……”张一寻被问住了。

“你出去吧，不想看到你。”朱夏单手把被子罩过头顶。

印象中，朱夏从未在他面前发过这么大的脾气，他们从小为过家家的角色吵过，为谁睡地板吵过，为沙画里上什么颜色的沙吵过，为荷兰猪到底是怎么死的吵过，但就是没有为了另一个男生吵过。

那一刻，他发现一件很可怕的事，就是他到目前为止的生命里，除了朱夏，好像找不到可以倾诉的人了。

他决定要继续给邱少写日记。

“她是谁嘛，你们哪个班的，我帮你追她。”邱少一副少年不知愁滋味的口气。

张一寻回：“我没有想要追她，我只想让她不要追别人，我们能一直这样，开开心心地在一起。”

“你说的这是天线宝宝，等她长大了，还不是要嫁人啊，你们不可能一直都在一起的。”

张一寻和朱夏进行了为期一周的冷战，直到朱夏喜欢的林俊杰来市里开签唱会，张一寻守着商报的抽奖热线，打了一整天，抽中一张票，以此作为示好的礼物。

他小心翼翼地用朱夏喜欢的月野兔信封把门票包好，还写了一句：大人不计小人过，小人请你去听歌。

第二天一早，在他们常去的面包店里，他先看到朱夏，正想打招呼，被货架挡住的邱天冒了出来，自然地牵起了朱夏的手。

那天晚上，张一寻做了个梦，梦里他跟朱夏在家里看《穿越时空的少女》。电视上，主角说出那句台词："记忆或许会消失，但我的心会记着承诺。"恍惚间，朱夏也对张一寻说了同样的话。

"你承诺我什么了？"张一寻凄然地问。

"一起收藏林俊杰的贴纸和海报，一起每期不落地买《当代歌坛》，一起考差，期末一起茫然地一筹莫展，一起为了逃脱值日不择手段，一起上课偷吃零食，一起……"

"别说了。"张一寻不想听，但朱夏不顾，还在兀自细数他们的过去和未来。

他想从这悲戚的梦里醒来，越挣扎越委屈，像是抵抗不及的生理反应，根本忍不住眼泪。哭声把隔壁的林夕施吵醒了，她冲到张一寻房间里，打开灯，抱起他关切地问。张一寻终于意识到这只是梦，可眼泪就是止不住，躲在林夕施的怀里哭了许久。

林夕施一下下摸着他的头，说张一寻小时候做噩梦，也是这样让他平静下来的。

良久，张一寻突然问："妈，你说人会因为什么事情分开呢？"

林夕施淡淡地说："……大如生死，小如一场感冒，要分开的人，任何事都会让他们分开。"

张一寻说："妈，我好像感冒了……"

"嗯？"林夕施停下手。

"没有，有点不舒服，我再睡会儿。"

林夕施没多问，起身帮他掖好被子，关上灯，在黑夜里看了看儿子，便转身回屋了。

朱夏从那次运动会晕倒以后，就经常低血糖，容易手抖。吃早餐的时候，总会抖着手里的肉松面包，发着呆陷入一段诡异的长笑。机警的廖梅看出端倪，趁朱夏上学，翻她的抽屉、柜子找情书，结果情书没找到，找到好几张改过的成绩单。

无奈之下，派出廖大幅去学校一打听，果真是恋爱了。

“对象不是一寻啊？”朱振东放错重点。

“你说什么呐！不是那小子我更不放心，阿猫阿狗的影响了学习怎么办。”廖梅担心道。

朱振东劝她：“我们这丫头本来也不是学习的料。”

“干吗啊，你这是为早恋说话呐，所有家长对这个话题都胆战心惊的，就说明它不是什么好的东西，什么年纪做什么年纪的事儿，你搁你十几岁来追我试试，我可不跟你好。”

“怎么扯我身上来了。早恋我是绝对不允许的，但我们呢也不能明着跟孩子对着来，怀柔政策知道不？”

“就告诉我怎么办吧！”

林家茶楼里，林夕施放下手里的麻将，心里想着到嘴的未来儿媳妇可能要跟别人跑了，大喊“打击早恋义不容辞”。于是他们仨连同廖大幅组成了打击早恋联盟。四个人里应外合，埋伏在学校和家两点之间，用各种办法让朱夏和邱天见不到面。

大人们知道，距离不会产生美，距离只会产生距离。结果平时上学是有距离了，到了周末，他们直接出去约会了。约会的下场，就是朱夏的打扮越来越社会，当朱振东看到她打了耳洞之后，终于忍不住拍了桌子。

“打都打了，又不能合上。”朱夏一句话给堵了回去。

朱振东气道：“你什么时候变得这么坏了。”

“老爸，没有这么严重吧，好多女生都打了呀。”

“那人家没那个什么，你不要以为我们不知道……哎哟！”朱振东被廖梅掐了一下大腿。

差点前功尽弃，打击早恋联盟又想了一个偏方，喂胖朱夏，让邱天知胖而退，反正朱夏也低血糖，当是补身体。于是廖梅每天投其所好一日三餐都大鱼大肉的，外带甜品巧克力，结果过了三天朱夏的体重不长反而减了。廖梅扶着脑袋，说明天开始所有菜里放糖！朱振东劝她，胖子也是一口一个吃出来的，谁能三天就一胖惊人啊。

而张一寻这边，倒是胖了点，压力性肥胖外加丧，整个人透着一种生人勿近的气质。更可怕的是，越来越会打扮的朱夏开始嫌弃张一寻幼稚的穿品，她说：“青春的时候不青春，就像占着茅坑不拉屎一样。”

邱天如愿考到了市里的体育大学，朱夏一跃从跟高三学长谈恋爱晋升成跟大学生谈恋爱，威力就完全不一样了。她坐着332转68再转1路的公交车去市里找邱天，每去一次，眼界就更开阔一点。让张一寻再跟她相处有种乡下人跟海归成功人士交流的感觉。

邱少的交换日记已经换了个新的本子，给张一寻最新的留言里，他写道：“我们直接碰面聊吧。”

张一寻准点到了街上的烧烤摊，看到邱天的时候恍惚了，差点没认出来。他穿着皮衣，刘海梳成了背头，耳垂上的耳钉特别明显，他叼着烟，浑身痞气地坐在几个穿着亮丽的外校学生之中，身边还有一个咬着棒棒糖的自来卷女孩，只见她亲昵地把一串鸡肉喂到邱天嘴里，邱天非常自然地搭上她的肩。

“见鬼了。”张一寻兀自撂下三个字，然后冲上去一脚把邱天踹翻了。

结果很显然，都不需要邱天还手，那几个不良少年就把张一寻打了个底朝天。张一寻吐着带血的唾沫星子，重复道："你不能对不起朱夏……"

"你是'离天堂 8 英尺'？"邱天旁边的女孩蹲下来，问他。

张一寻抬眼看了看她，狐疑道："邱、邱少？"

"哥，认识的，放了他吧。"女孩站起来，把棒棒糖塞回嘴里。

邱少本名邱白露，她觉得爸妈给起的这名字太娘，索性给自己换了个特别适合行走江湖的昵称，打小就形影不离地跟着哥哥邱天，看着哥哥在学校里的模范生和社会上的山鸡哥两个身份间转换。如果一定要有一个偶像，世界才完整，那追着她哥跑一圈，世界就谁也不差了。

"朱夏常提起你。"邱天吸了一大口烟，把烟掐了。

"你别把她带坏了。"烟雾后面，张一寻豁着嘴道，邱少正给他上药。

"你觉得我们是坏人？"邱少用力按了一下棉签，疼得张一寻直跺脚。

"人是带不坏的，除非自己想学坏。"邱天说，"我真挺喜欢她的，虽然没你参与她的人生那么久，但我的喜欢，不比你少。先来后到没错，但后来居上，也是凭本事啊。"

这算是第一次跟邱天面对面，他身上显而易见的锋芒，举手投足间的气场，像极了在成人世界里风尘仆仆的孤胆英雄。同样是学生，他还在学习，而对方，已经在生活了。

"你真喜欢我嫂子啊？"邱少问。

张一寻说:“女朋友就是女朋友，别乱认亲戚。”

“喂，好歹我们还是笔友啊，是谁帮你传道授业解惑呢。”

张一寻没理会她，对邱天说:“总之今天发生的所有事，请你不要跟朱夏说。”

“放心。”邱天冷冷道。

“还有!”张一寻操起桌上一瓶啤酒，大口喝了下去，溢出的酒沫子又把嘴角的伤口刺得生疼，喝完干呕了一下，愤愤道:“我想和你一样，和你们一样。”

他指了指邱天和其他外校的人。

张一寻接受了朱夏和邱天在一起的事实，他跟邱少两人像跟班一样成日尾随他们在县里市里两头跑。邱天在校外的日常，就是打台球，打网游，打街机，打人。张一寻特别细心地观察他，模仿他说话的口气、穿着。从小到大，他的衣服都是林夕施选的，要么是夜市同款，要么是厂子里的外贸原单，当林夕施又拿着一件尺码超大的拉链卫衣给他时，他拒绝道，我要穿皮衣。

他让理发师把鬓角和两侧的头发剃光，只有用发蜡把顶上的头发抓起来的时候，才能看到耳朵上面的闪电纹理。还斥巨资办了街口网吧的会员卡，跟着他们打《QQ炫舞》《梦幻西游》《冒险岛》，靠着一米八几的个子侥幸躲过抽查身份证的警察，却逃不过朱夏和邱天每时每刻地秀恩爱。

圣诞节交换礼物，张一寻准备了木制笔筒，邱少是游戏碟，朱夏是自己编的幸运星，当邱天拿出一条施华洛世奇的水晶项链，大家都闭嘴了，纷纷让路给朱夏。

朱夏说什么也不敢收，用一杯子幸运星换了项链的包装盒。

她握着空空如也的盒子，羞赧地说："长大了才能收贵重的礼物。"

"那完了，你在我这，永远是少女怎么办。"邱天逗她。

张一寻醋意大发，第一次觉得有钱真好。

他在烟熏火燎的台球室里，眼睁睁地看着邱天贴着朱夏，一手帮她架杆，一手从她腰间游走到左手，亲密地叠握着。进洞后，朱夏侧头朝他笑，两人的距离只有 0.01 厘米。

不知道什么时候，朱夏的头发又长长了。

而这一头，邱少教张一寻的画面就不是那么好看了。

"你矮点！我看不到你的杆子。"邱少换了个姿势，站在张一寻身后，狼狈地握着他胳膊。

张一寻往后弓背，正巧贴在邱少胸上。

"你流氓啊！"邱少护着胸，满脸通红。

"怎么了？"见她一副小题大做的样子，玩笑道，"我都没感觉。"

邱少上前就是一阵乱掐："你能不随便乱用词吗?！"

"那，一马平川。"

"张……"

"幅员辽阔。"

"……一寻。"

"随你爹。"

"啊啊啊啊。"

邱少继续掐他，张一寻就扯她自来卷，两个人嘻嘻哈哈地缠斗在一起。

"喂！你们两个……"朱夏突然叫住他们，欲言又止，转而挽着邱天说，"看他们呀，多幼稚。"

那个时候的张一寻最讨厌朱夏说他幼稚。

技校后面有条街，是县里著名的混混集中营，未成年人可以在这里买到烟，迪厅酒吧，摊贩混杂，卖狗卖蛇的什么都有，这是警察最头疼的地方，也是邱天的练兵场。

这天，张一寻在烟摊子前犹豫良久，正准备去，被邱天拉了回来。他从盒里抽出一根烟，点燃，递给张一寻。张一寻嘟囔着可以自己买，半推半就地啄上一口，结果呛得眼泪直流，感觉像是飘在化工厂的烟囱顶上求爹爹告奶奶地猛吸了口仙气儿。

“所以就别浪费钱了。”邱天把烟从他手里抽走，自己叼上，“你还没明白吗，像我们一样，不是抽烟喝酒、搞个发型就可以，而是要付出代价的。”

高二下学期的愚人节，张一寻翻进化学实验室，把三十次实验量的钠丢进男厕的小便槽，他躲在一边，看是哪个幸运儿中招，结果等来的是廖大幅。厕所发生爆炸，来不及系裤腰带的廖大幅连滚带爬地逃出来，腹部不幸被火星子灼伤。

校长办公室里，林夕施给了张一寻重重一记耳光。经校领导研究决定，张一寻偷窃、毁坏公共设施，致教职员工受伤，予以开除学籍处分。

林夕施手足无措，眼睛涨红：“校长，你行行好，我儿马上高三了，不能没有学上啊。”

“妈……”张一寻委屈状。

“你嘴闭到！”林夕施抓着校长的胳膊，说，“是我这个妈没用，没教好他，你、你要罚罚我，让我做牛做马做啥子都可以……”

“学校不是我的，你们走吧。”校长决绝道。

林夕施皱着眉，嘴皮已经开裂，只见她不停抖着手，脑袋缺氧，无法组织成段的话，两腿一软，像是要跪下去。

校长眼疾手快地拉住她："你这是要干什么啊！"

廖大幅适时迈进办公室，伤口还没愈合，移动得很别扭。他看着此情此景，摇摇头，说："校长，算了，我不怪他，不胡闹也就不是孩子了，马上要高考，这事儿更重要。"

廖大幅的及时出现让故事没那么难堪。回到大院里，林夕施让张一寻跪在茶楼门口，随手扯来一段树枝就往他身上抽，一下，不够疼，把他校服扒了，接着抽，树枝打断了，再换一根。

披头散发的林夕施念叨着不动听的方言，朱振东和街坊邻居都在劝，倒是张一寻一声不吭，像尊雕塑跪在地上，头发被汗水打湿，他用余光看了眼朱夏，只见她正被廖梅紧紧抱着，吓哭了。

"她哭了，我是成功，还是……失败了？"他想。

他一直在询问自己的问题，问题牵扯出更多问题，他开始怀疑自己做这些事所有的初衷，他害怕提醒自己，对朱夏的感情，到底是出于习以为常的惺惺相惜，还是归为己有的魂牵梦萦。

成为朱夏喜欢的人这件事，并没有让他的疑虑有所消解，而是如同强迫性记忆，想起一次，便百爪挠心。

夜深，林夕施敲了他房间的门，拿着药膏一言不发地进来，让张一寻趴在床上，战战兢兢地把他衣服撩起来。

他听到林夕施吸鼻子的声音。

"别转过来！"林夕施带着哭腔命令道，"别动！"

张一寻不敢回头看，林夕施抽动着身体，张嘴狠狠地哭着，不敢哭出声。如果要比拼心碎，上次这般碎过，是与丈夫分开的时候。

这是张一寻印象中，第一次见妈妈哭。

“妈，我也不知道我怎么了……”张一寻眼眶也红了，“对不起。”

“睡一觉就过去了。”林夕施上好药，情绪平复下来，抹掉脸上的泪，轻声地说，“如果晚上还疼的话，叫妈妈啊。”

张一寻点点头，轻轻翻了个身，用被子蒙住脑袋。

不知过了多久，感觉已经做了两场梦，忽然听到窗户边有动静，掀开被子，窗户外露出“林俊杰”半个纸糊的脑袋。

吓醒了。

朱夏趴在窗边，费力地举着晾衣竿，上面用衣架和偶像海报做了个假人。

张一寻扯掉“林俊杰”头上贴的纸条，只见朱夏字迹凌乱地写着：“我这次承认你牛了，不过不许有下次了。”

“有没有下次也跟你没关系。”张一寻赌气写道，贴回“林俊杰”头上，摇了两下杆子。

“怎么没关系，看你这样，我心里很难过的好吗，我都把林俊杰的海报裁了哄你开心呢！”

“哦，你还想着我啊，我以为你都想着你男人了。”觉得后面措辞不当，又把男人涂掉，改成“那个人”。

“你们俩没什么可比性。”朱夏写道。

“你什么意思啊！！”张一寻画下几个叹号，力气太大，把背上的伤都扯疼了。

窗外的假人突然收了下去。张一寻爬到窗边，轻轻朝外面咳嗽了几声。等了许久，朱夏都没动静，只好蹑手蹑脚地去厨房里用锅盖又做了个升降机。

没一会儿，绳子有了动静，张一寻把锅盖拽上来，纸条上写着：“衣竿举得我手抽筋了！”

张一寻想着朱夏颤抖着手骂骂咧咧的样子，笑到岔气。

开除这事儿算是这么过去了，但张一寻被记了大过，要靠成绩来补偿。进入高三之后，一切节奏变得非常机械化，每天是一样的试卷，一样的考不上大学就会怎样的恐吓式教育，一样的体育老师今天请假，语文、数学、英语老师来上。同学们也很默契，同步步入冬眠，上课睡倒一片。

这期间有一出插曲，大院里有好几户人家丢了狗，连学校的告示栏里，都贴上了寻狗启事，邱少不知从哪儿听来的消息，说是技校后街上，那个卖狗崽的就是个狗贩子团伙，偷了别人家的狗拿去配种，配完再卖给狗肉馆子。县城东郊的村子里，就藏着他们的狗厂，偷来的狗都被关在那里。

“不良少年”张一寻又想搞出点名堂，义愤填膺地要探个究竟，于是以他为首，朱夏和邱少为左右护法的救狗小队就成立了。他们坐着黑色的越野车来到狗厂门口，厂房四面分布着银色的圆形射灯，统一照着楼顶一个转动的骷髅狗头标志。

这里戒备森严，几步路就有一个守卫，他们三人穿着黑色的夜行衣，在几个守卫的食物里放了安眠药，连滚带爬躲过戒备，成功释放了所有被偷来的狗。

张一寻的幻想完毕。

这天夜里，邱少为了掩人耳目搞来一辆人力三轮车，拉着张一寻和朱夏，骑了一个多小时终于找到了郊区的狗厂。美其名曰是个

“厂”，其实就是个两间房的办事处，没有射灯，没有骷髅狗头，也没有守卫，只有一个看门的中年男人，正趴在里屋睡觉。

他们戴上准备好的口罩，蹑手蹑脚地猫腰穿过房间，果然在另一个铁栏围住的屋内看见好几只狗。其中一只脸上有白色斑点的金毛，邱少在告示栏上见过，确认就是他们偷来的。

有几只醒着的狗见到他们开始吠，邱少想尽办法用夸张的肢体语言传达来意，让它们安静下来。

一旁的张一寻瞧见铁门上有一把造型夸张的铜锁，他轻轻抬起来，生怕铁链发出的声音把里屋的男人吵醒。

离队好一会儿的朱夏抠着脑袋回来了。

“你去哪儿了？”张一寻低声问。

朱夏一脸蒙：“……我也不知道，回过神的时候你们就不见了。”

“搞错没有！关键时刻又失忆！”张一寻朝两边张望了一通，把她拉到一边，煞有介事地问，“你看这个锁，设计得非常精妙，没有输入密码的地方，我也没看到锁眼，肯定需要一种特别的办法破解。”

朱夏直起腰，往门上看了一眼，将上面一个铁片掰开，门就自然地开了。

张一寻傻眼，撂下铜锁正色道：“我就说这破玩意儿肯定是个装饰。”

朱夏憋起笑。

屋内的狗陆续从铁门逃出去。朱夏担心道：“它们找得到回家的路吗？”

“我们也只能帮到这里了。”张一寻说。

他们赶着余下的几只狗，原路返回。看门的中年男人适时拿着棍子从屋里出来，与他们三人撞了个正着。

“你们干啥呢?!”中年男举起棍子，不由分说地朝他们挥来。

眼看棍子就要落在朱夏身上，张一寻伸出胳膊及时挡住。

朱夏蒙了。

突然一个酒瓶子在中年男头上炸开。

他两眼一转悠，看见背后还有一个戴口罩的人，重心一歪，直接栽倒在了地上。

邱天摘下口罩，不顾对面三个人有多震惊，示意他们帮忙，将中年男绑在凳子上。中年男中途醒了一次，抓住邱天的皮衣不松手，骂骂咧咧地恐吓着。

邱天二话不说，对着他圆鼓鼓的肚子就是一脚，直接连人带凳子踹到了墙角，中年男猛喷口水，再次昏了过去。

“哥，你怎么知道我们在这啊?”邱少激动地上前抱住邱天。

邱天对着她脑门就是一个弹指:“你偷听了我讲电话是吧，还敢背着我先跑来了。怎么，以为自己是救世主啊?”

“不是考虑到张一寻他们高三生活太枯燥了嘛!”邱少捂着头，撒娇道。

邱天看了眼朱夏和张一寻，来到他们身边，搂着朱夏的肩，问:“没事吧?”

朱夏的肾上腺素还在狂飙，没有从刚刚的情节中缓过神来，红透了脸，呆滞地摇摇头。

“走吧走吧，杵这儿喂狗呢。”张一寻睥睨着眼，捂着胳膊离开了。

“手还好吗?”朱夏在身后追问。

张一寻摆摆手，走在了前面。

后来，那个狗厂被警察查封，背后整个贩狗的利益团伙也难逃法网。做好事不留名，救狗小分队的插曲很快被高三的油墨味冲淡。

好不容易熬到了张一寻的生日月，邱氏兄妹给张一寻在KTV办了个十七岁的不良少年主题趴，每个人打扮得要越混蛋越好。朱夏化了个很重的烟熏妆。当晚的亮点是张一寻，他裹着校服来到包厢，看着一切都正常，在同伴的抗议声中，他脱掉校服校裤，只见他穿着一条秋裤，上半身裸露，用小卖部的文身贴贴了一条青龙。

见大家笑得四仰八叉的，扮成劳拉的邱少自告奋勇向大家展示她的歌喉，她用指头绕着心爱的卷毛，造作地唱着黄玲的《痒》，尾音刻意拉长，仿佛在粗暴地寻衅生事。邱天的小弟挑事儿，要吹啤酒，一伙人越喝越高兴。酒过三巡，张一寻鼓吹朱夏表演她的记数字能力，他在手机上随机写了一行，朱夏记十秒，一个没错地复述。众人呛说张一寻是托儿，于是张一寻又写了一行，不够，再一行。朱夏皱着眉，快速扫完，即便酒精上头，她也复述正确。

张一寻起哄，让邱天也出一题，邱天想了想，煞有介事地捂着手机写了一行，朱夏看完后，正准备背，邱天提醒他，跟我生日有关哟。我忘了，朱夏歪着头说着，旋即一笑，准确地背出来，32245217405201314。

有人带头喊："3月22是我，2月17是你，我爱你一生一世！"

在场的人都被他们酸到了。

邱天想去吻朱夏，张一寻连忙转过头，不忍看。朱夏下意识地躲过了袭来的邱天，摸着他的脸，不好意思地摇摇头。

最后是拆礼物环节，邱少送给张一寻一瓶剑南春，说对他的感情都在酒——的名字上了。朱夏给了他一张《梦幻西游》的年卡。当晚最有意义的礼物，竟然是邱天的。

邱天把购物袋的胶条撕开，取出一件自己的同款皮衣，递给张一寻："不良少年，等今晚过了，你带着朱夏，好好考试。"

"不是你穿过的那件吧？"张一寻反唇相讥。

"你闻闻。"邱天也会开玩笑了。

少年们开怀地笑着，每个人脸上都写着无畏。以为已经阅过世界上所有驻足和奔跑的人，但生活如一个愚昧的万花筒，所有人像傻子一样被时间操控着，只要转一下转筒，此岸的所有灿烂，都会变成彼岸的悲剧。年轻人越是用力证明自己已经长大成人，成人的修罗场就越是让你看清自己到底青涩得几斤几两。

把邱天送上去学校的出租车，朱夏提议走回去，醒醒酒，邱少说什么也不愿那么早回家，强撑着说自己比鹰还清醒，非要陪他们走一段。倒是张一寻蜷缩在KTV门口，看着外面冷风飕飕，望而却步。

"你不会没穿里面的衣服来吧？"朱夏折返回去问他。

张一寻乖巧地点点头。

"服了你了，把这件套外面。"朱夏帮他把邱天送的皮衣拿出来，披在校服外，"哈哈，像是偷穿爸爸的衣服。"

张一寻立刻挺起身子，大步往前走："爷也可以很帅的好吗？"

朱夏搭着邱少的肩，两人默契地给了个讪笑，跟了上去。

没走一会儿，酒精反射弧超长的邱少就扶着电线杆吐了，吐着吐着竟然秒睡，直接往地上倒。路上打不到出租车，张一寻只好先把她背起来。他们在夜色里走，路灯把两个人的影子拉得好长。想起小的时候，每次放学回家，两人都要比赛踩影子，一个跑一个追，如果追的人踩到跑的人的影子，那跑的人就输了。

张一寻一次都没赢过。

那晚，他们又踩起来。

张一寻还是输了。

“不算不算，你背着邱少，不好跑。”朱夏替他找借口。

这一次，张一寻说了实话：“其实，我是故意输给你的。我妈说，如果踩了别人的影子，那个人就会折寿。”

“那你还要让我踩。”

“我死总比你死好嘛！”

朱夏一愣：“白痴……”

两人突然没话了，步调慢下来，并排着向前走。

张一寻借着酒意，问出一个不合时宜的问题：“你有跟他那个那个吗？”

“说、说啥呢，当然没有了！”朱夏羞赧道。

“那你们肯定打啵了。”

“没有没有，喝多了吧你。”朱夏气得嘟起嘴，径直向前走。

身后突然传来瓶子破碎的声音，像是在夜空中快速撩拨了高音琴键。朱夏转过身，张一寻捂着头，半醉半醒的邱少跌坐在地上。张一寻身后，是两个穿着大码运动衣的男人，其中一个，是上次狗厂里的中年男，手里正握着刚刚砸碎的酒瓶。

张一寻不顾头上的血，朝中年男就是一拳，两个男的夹着脏话对张一寻一阵拳脚：“姓邱的，操你妈的多管闲事！”

朱夏冲过去，“他不是邱……”话没说完，就被另一个男的一脚误伤，疼得直接跪在地上。

“朱夏！”张一寻捡起地上的玻璃片，直接插到那男人的腿上。

男人哀号一声，与旁边的中年男摔在一起。

这敌我阵形，跑为上策，张一寻牵起朱夏，奋力地把邱少扛回背上，拔腿就跑，身后的中年男穷追不舍。

他们边跑边喊救命，眼看就要被追上，终于看到路前方的工程车，步道施工，有人正拿着刷子在路上刷线。他们本想躲到工程人员身后求救，却仅仅在那么几秒的时间差里，听到了邱少绝望的尖叫。

中年男把一整桶道路标线漆倒向了张一寻，他穿着厚厚的皮衣，只是溅到了零星，但背上的邱少，满头满脸的漆，她从湿漉漉的睡梦中惊醒，油漆淌进了眼睛。

刷线漆速干速固，医生在洗眼之前，粗鲁地剪去了邱少已经结成块的头发。

后面的事，反转太多，无论是张一寻，抑或是朱夏，都不想再记起那个冬天。

在邱少住院观察的第二天，邱天到公安机关自首，两个月后法院依法做出判决，邱天因故意杀人罪，被判处十年有期徒刑。

邱少的平头终于长长了点头发，但左眼的视网膜损伤，看东西总有一层雾，也是在那层模糊的雾里，她看见哥哥穿着囚服，戴着手铐，在判决后一脸沧桑地被警官押解进屋，回眸的那一瞬，他们彼此凝望，眼神里分明是带着关切的，但她知道，一切都回不去了。

如果要问人与人之间感情的行动轨迹，到底是为了什么？

大概一开始是出于缘，后来就是因缘而生的劫。

邱少转学了，她做房地产的爸爸带她去了广州，从此跟他们断了联系，QQ 的头像再也没有亮起过，手机成了空号，连声再见都没说。

他们每个人，都以为青春是永不打烊的欢乐场，是自以为是的懵懂，是睁着眼做的梦，其实，青春不过是抖落了一地的霓虹。

朱夏探视邱天的时候，他剃着寸头，往日的精神已经不再，眼睛里倒多了一种世故的淡然。

“忘了我吧，现在忘不掉，今后你也会忘的。”邱天冷冷地说。

朱夏举着电话摇头，眼泪大颗大颗地掉。

“你喜欢张一寻，是吗？”邱天问。

朱夏突然被问住了。

他继续说：“我的生日是2月7号，不是17号，他才是17号。你不是很会记数字，你只是，很会记他给你的数字。”

“我……”朱夏泣不成声。

“别哭了，好好的，我会为你祈祷的，因为我是真的爱你。”这是邱天对她说的最后一句话。

“爱”字当头，竟然觉得有些受不住。

时间如白驹过隙，那些跟张一寻相处的细枝末节，朱夏都快记不清了。

但有些东西，只要一提起，就会朝记忆深处开一枪，看不清目标，但能感受到强大的后坐力。

想到小时候喜欢穿戴帽子的卫衣，其实是因为张一寻喜欢丢垃圾进来。

想到跟邱天在一起后，再见到张一寻，竟然有负罪感。

想到看见他跟别的女生打闹，哪怕是邱少，心里也有点不是滋味。

想到他被林夕施教训，她从没有这么害怕过，害怕看到他受伤。

想到做爱情测试的时候，竟然最后指向张一寻，她可以怀疑一切，却不敢怀疑他们只能是青梅竹马的感情。

想到她最幸运的事，是青春里有一个张一寻，而张一寻身边，也正好有一个朱夏。

想到孟克柔在《蓝色大门》里说的，虽然我闭着眼睛，也看不见自己，但是我却可以看见你。

00:08

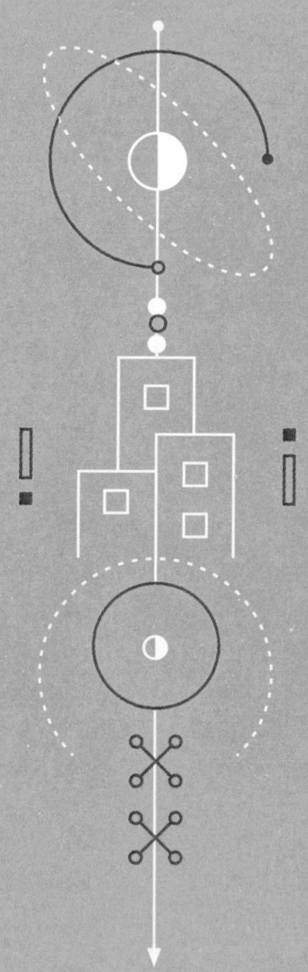

玛雅人的预言果真不靠谱，靠一部老美的电影意淫完世界末日，就再也没有关乎末日的期待了。陆地上的人们只过了几天破罐子破摔不用努力的幻想生活，2013年准点一来，还是要回归到失望与希望交错，忽而半生的日子中去。

张一寻和朱夏忍痛放弃了一个月的押金，从东交民巷搬去了青年路的国美第一城。搬家那天，他们打包好行李，看看这搬空的小房子，门外破败的走廊，楼下那快吃吐的田师傅、真功夫，他们知道，这一去，绝对就不会再回来了。不想再回来了。

新的大两居，全屋都是大理石地砖，坐北朝南，遇上北京的好天气，半边客厅都可以拥有黄朗朗的日光，他们住在二十八楼，搭着宽敞的电梯，每次回家都有种一览众山小的仪式感。

当然这不是他们租得起的房子。

自从去年年底朱夏在星巴克碰到邱少，他们的生活就发生了质变。邱少她爸要把她送去英国读研，让她在北京、广州、上海三地选一个城市学雅思，她选了北京，说是离家里最远。只是没想到命运的一盘大棋，让原本走散的他们，竟然又得以重聚。

邱少的头发被剪掉之后，发质突然就变了，再也不卷了。几年前，手机没那么多美颜功能，左眼视网膜上的雾霭正巧成了她看东西最好的滤镜。右眼看，什么鬼东西？左眼看，就顺眼了。

这些年，她变了不少，从过去那个跟在邱天屁股后面爱吃棒棒糖的小女生，变成了现在这般模样，鼻子和下巴都动了手脚，妆容成熟，毒舌又尖锐，用“婊子”来形容，好像不太贴切，“阳光婊”，比较合适。

邱天入狱后，只让朱夏探视过一次，后来，谁来他都不见。邱少的爸爸再婚后，又给她生了个弟弟，她成了新家多余的那个，于是就更加“浪”了。从他们高三那会儿到现在，已经交了八个男友，最长的一个有半年，最短的两天，不是一夜情，是在香港旅行时认识的。决定交往的时候是真喜欢，睡过之后就不喜欢了。

邱少无法接受，在床上让她喊爸爸的男人。

男人在澳门教会她赌钱，结果打德州扑克血战一晚，输了六百多万。邱少用三瓶 2000 年的 Opus One 灌倒了他，糊里糊涂帮她签了单。

分手归分手，第二天离开澳门的时候，邱少给他写了张欠条，钱会还的，但是还之前不许再联系她。

邱少没敢跟她爸要这笔钱。后面紧接着就是那个刚提到的交往半年的妈宝男，对方妈妈是做涂料生意的，本来谈恋爱就是各取所需图个开心，但他妈以为他们是奔着结婚去的，加上老妇女家长里短的剧看太多，觉得邱少不靠谱，愣是约她出来，五百万拍在桌上，让她离开她儿子。邱少当时还真的挺喜欢他的，寻思半天，叹口气道，得加钱。

六百万不多不少，还给了那位“爸爸”。

那几任男友的狗血事，不限于此。反正伤的伤，闹的闹，组成了现在的邱少，她越发成熟，异常清醒，她告诉自己，此情可待成追忆，十二星座还差七。

邱少刚来北京一个月，租下这两居，本来打算一间房当衣帽间。遇见了朱夏以后，觉得还是老“嫂子”比新衣服更值得共处一室。朱夏说什么也要付房租，邱少拗不过她，定了一千五，朱夏竖起手指，外加每周一次大扫除。

问到男朋友，起初朱夏还不愿说，怕邱少介意，别扭半天还是说了她跟张一寻的事。邱少没好气地嘲了半天，得意自己应该是最早知道张一寻喜欢她的人。撂下铿锵的一段话：“你们俩从小到大玩的这跳跳棋，我和我哥都是参与者，你们跳关悔棋那都是你们的事，反正不以谈恋爱为目的的青梅竹马都是在老天爷眼皮子底下耍流氓。”

哦，对了，她严正抗议，让朱夏和张一寻不要再叫她邱少了，要叫她的大名，邱白露。

她是这么说的：“以前觉得这名字‘娘’，现在觉得‘浪’，非常适合行走江湖。”

三个月前，朱夏举着电话从床上惊坐起，她竟然被那家公关公司录用了。

第一个月基本处于头昏脑涨的状态，帮着同事整理word文档、订餐，以及看之前所有项目的结案。许念念给了她一个艰巨的任务，就是学会美化PPT。你在客户公司打开一个炫酷的PPT，要比累死累活写一个word文档的中标率大得多，许念念如是说。第二个月开始，她终于能参与他们的头脑风暴会。会上的许念念仿佛是个灵感制造机，一刻不闲地在白板上记录，但凡有人提到一种解决方案，她能衍生出解决方案的十种表现形式。她就是那种靠脸吃饭，脑袋还性感的女生。

朱夏在会上一言不发，会后许念念把她叫到茶水间，问她入职以来的感受，她答不出个所以然来，就觉得还没有融入。

许念念喝了口咖啡，讪笑道：“如果融入了，你也就没那么多想法了。”

“我听不懂……我大学学金融的，可能还是不太适合搞创意。”

“创意是什么，你研究出来了吗？”许念念问。

朱夏怯怯地说：“就是灵感，创造性的思维，点子？”

“百度查的吧？我问你啊，如果现在厨房里有香蕉、苹果、鸡肉、白菜、洋葱、西红柿、鸡蛋，你可以做出什么菜？”

朱夏想了想，扳着手指说：“西红柿炒蛋，鸡肉炒个白菜，香蕉和苹果能打成泥吗，好像不够创意，那香蕉跟洋葱还有鸡肉，一起炒！”

“黑暗料理之王啊。”许念念差点呛到，“如果是我，我会选择吃外卖。”

“你这超纲吧！”

“别人想不到的，就是你的创意。”许念念笑着。

“谢谢念念姐。”朱夏好像有点明白了，迫不及待想回去再翻翻方案。

“朱夏，”许念念叫住她，“你知道我为什么要录用你吗？”

“为什么？”

“因为……我觉得我们挺像的。”

朱夏第一次感受到来自北漂的温暖，她说的是“我们”，而不是“你跟我”，不论是对方高情商的话术，还是轻描淡写的鼓励，朱夏顿时有了种坐在了一条船上的感觉。

她熬夜啃着方案，在网上搜国外那些经典的营销案例，上厕所都不忘捧着资料，马桶坐久了，脚下像踩了星星。她突然变得好坚定，甚至开始觉得，这份工作将会带给她很多东西，而且是爱情给不了的。

最近一次的头脑风暴会，是关于钢笔品牌的线下营销，有同事建议在一线城市的几个高奢商场做展位，不需要浪费预算进普通的商场，毕竟现在很多人不用钢笔了。朱夏举了手，她说：“正是因为大家不用钢笔了，才怀念写字的感觉，就跟大家现在不青春了，才怀念青春一样。”

那个叫小月的同事反问她：“你想说什么？”

“什么东西最想要？失去的东西最想要！我反而觉得这种品牌就应该去那种人流量最多的商场，它的价格可能很多人承担不了，但大家都写一写，画一画，培养一下，对品牌也有好处啊。”

“你是新人你不懂，那些商场的中庭你以为不要钱的吗，还有群众素质你怎么保证，产品的报废率多高你想过没有？”

“去书店！”朱夏喊道，“现在那些连锁书店陆续都有进驻各大商场，我们直接跟书店合作，在书店里做个小展位，上面放我们的钢笔。”

“拜托，我们这个品牌进书店很掉价的！”小月又呛她。

“钢笔和书绝配啊，不然你还想让它们去哪，墨水厂吗？”朱夏反唇相讥。

“好主意。”许念念打断他们，“如果书店需要置换条件，我们可以去找那个代言人谈，去线下跑几场落地。”

“然后可以再放信纸和邮筒，让大家给亲近的人写信，这样是不是没那么商业？”朱夏补充道。

小月急了：“书店里面放邮筒？怎么可能。”

“可以的，”许念念说，“假邮筒就好，不用真的寄，让书店员工收起来，按月统一寄回公司，我们在线上做个复盘就好。”

朱夏又说：“如果那个代言人能配合，还可以抽几个幸运儿，让代言人念出来。”

“小月，马上联系他的经纪人，以及给我FM97.4的编导电话，我要聊合作。”

“哦……”小月偃旗息鼓。

朱夏看着许念念在白板上写的关键词，思索着：“我还有个建议。”

大家看向朱夏。

“活动应该有个名字，叫‘见字如面’怎么样？”

朱夏去年生日，临近毕业，张一寻送给她一个册子，上面贴满了他们从小到大传过的字条，他不仅精心保存着那些年少时光，而且还在每一张纸条旁边，工工整整地写了批注。那会儿，他们彼此还没有说破，她边翻边嘲笑那些年的傻里傻气。张一寻在最后一页写了一句话：“不管是毕业还是末日让我们分开，你都别怕孤单，见字如面，有我在。”

还在玉泉路上班的张一寻无所事事地刷着微博，这些天朱夏晚上加班，白天起得比他还早，除了睡觉能抱到，一整天都见不到人。现在一个在西边，一个在东边，明明都在北京，搞得跟异地恋一样。

赵薇导的《致青春》带起一阵追忆青春的风潮，张一寻在他自己的微博上贴了一篇电影的随感长微博，直到听同事惊呼，才发现登错了号，发在了公司的官微上。本想删除，发现已经被转了两千多次，再三跟领导请求后，领导破例让他留了这条除了社会新闻以外的娱乐稿件，也是那条微博，最后转评破了三万，登上了当日的热门榜首，还被上头点名表扬，说官微早该这样年轻有活力了。

从此张一寻换了路线，经常在官微发布一些情感类的文章，都能得到很高的转评。原本在网友印象里刻板的国企官微，也变得有温度起来。月底领工资的时候，多了三百，领导说，这是对才华的鼓励。他不置可否，只感谢这段时间，让他找回了以前一定要表达什么的冲动。

下班后去报刊亭，他找到几本顺眼的青春杂志，每天写一点，凑成几千字的故事，投到杂志的征稿邮箱里，权当给自己的才华找个落脚点。没想到真的有几家杂志要了他的稿子，千字八十块，上稿的故事一般有七千字，有时几家杂志都上了稿，一个月就多赚了一两千块钱。虽说在所有才华里，写字的价值比较低廉，但那段时间，他一个月的工资甚至比朱夏还高，他终于有一种脚踏实地的安定感了。

人生迎来新的拐点，他在邮箱收到一封出版社的邀请函，问他有没有兴趣写长篇小说。张一寻兴奋了，再三确认，对方真是要给他出书的意思。那短短几秒钟，他仿佛看到自己坐在拥挤的书城里，把自己的名字奋笔疾书了一遍又一遍的场景，身后的货架上摆满了自己的书，朱夏站在不远的位置，温柔而又热切地望着他。

张一寻加了对方的微信，验证写道：“不是让我当枪手吧??”

对方很快通过他，自我介绍是出版人，姓徐，张一寻叫他徐老大。徐老大说在杂志上看到他的文字，觉得有灵性，想给他出版小说。

张一寻在电脑这头张牙舞爪一番，强装镇定地回道：“是说那种能在书店里买的书，不是网络小说吧?”

徐老大回：“当然。”

张一寻想大叫，但人在公司，只能用力咬手指关节，终于疼得叫出声。

同事们齐刷刷睥睨着他，一秒后又静如处子地埋头办公。

下班后，张一寻奢侈地打了辆出租。一路从长安街开过来，看着夜幕降临后彻底苏醒的国贸、“大裤衩”，突然想起那句在网上看到的话：你在国内任何城市都可以说自己怀才不遇，除了北京；你在国内任何城市都可以说这里不欢迎你，除了北京。

掐指一算，他觉得真正属于他跟朱夏的生活，就要来了。

朱夏这边还没有消化张一寻要出书的好消息，就迎来新工作的第一个坎儿，市场部主管临时向许念念借人，说要去上海稳住一个年单的大客户。估计有别的公关公司煽风点火，客户有点动摇了。市场部主管点名要最近抢尽风头的新人朱夏，这让她万分紧张，一是去年在软件公司的前车之鉴还历历在目，二是没在客户面前讲过方案。许念念倒是平常心，即便丢了客户也没关系，总要允许客户见识见识别家，才知道我们的好。

朱夏明白这是许念念的安慰，临行前，收到升职邮件，成了创意A组的组长，那个年单客户就是A组负责的。朱夏因此成为公司第一个实习期刚过即升职的新人。

她隐隐觉得后面会有事发生，这不是她能力应得的结果。

在机场候机时，收到许念念发来的微信："保守使用你身上那股劲儿。"

事情果然没那么简单，在上海客户的公司开会，市场部主管对朱夏的介绍别有用心，说她是策划部的新领导，全权负责这个案子。会上，品牌客户并没有给他们好脸色，大概是推翻了之前的策划案，说重复，没新意。客户话太密，自己提了几个方向，朱夏只能频繁点头，顺嘴答应回去想想。

会议结束的第二天，那个市场部主管就借故休假了。后面再开会，朱夏只好带着自己组里的妹子和市场部另一个小哥去，他俩完全被客户吓到不敢说话，只有朱夏靠着那没皮没脸的自信，讲她熬夜做的方案。结果对方竟然自打脸，又觉得之前的想法不好，还用一大堆专业术语教她如何营销。朱夏有一种小学生去给大学生辅导作业的无力感。

第一次独当一面就铩羽而归。晚上回到酒店，她给许念念发微信抱怨："我觉得客户根本不知道自己要什么。"

"很多客户不知道自己要什么的，但你给他了，他就知道自己不要什么了。"许念念回。

朱夏又熬了几个通宵，做了三种风格完全不一样的方案，她一层一层地用粉底遮瑕藏起倦容，接连灌着美式咖啡，凭一身就义的气魄来到客户公司。对方的反馈却说，我们可能不合适。朱夏终于忍不住，顶撞了客户，大家是合作，不用合适，又不是谈恋爱。客户比他们的珠宝品牌更玻璃心，直接怒气冲冲告到了朱夏老板那儿，要求换人对接，否则不用再谈了。

老板在群里发话，让朱夏买点礼物当面给客户道歉，但朱夏的脾气紧扒着嗓子眼儿，怎么也下不去，她觉得自己的努力受到了侮辱，为何还要向看轻自己的人低头。于是冲动地直接给许念念发微信："念念姐，我可能要辜负你了，我想辞职。"

"这就要走？你以为自己是超级玛丽跳着玩的呀。人生不如意十之八九，就是说十件里八十九件都不是好事儿，你能保证下一次，就能安全通关？"

朱夏委屈地给张一寻打电话，电话那头，他正在跟邱白露开黑。张一寻心不在焉地听了她的控诉，安慰她："辞职辞职！让本作家养你！"

朱夏万念俱灰地挂了电话，决定还是认㞞去道歉。

张一寻关掉游戏，打开 word 文档窗口，嚷嚷着要写书了。跟徐老大签了经纪合约之后，他迟迟没有动笔，看着光标在空白的文档上跟心跳一样跳动，就是想不到要写一个怎样的故事。

他滑开那台用了两年多的手机，里面存满了跟朱夏在一起的照片，看着竟有点想她。那个朱夏逼迫他安装的纪念日 APP 上，"上帝与猪宝认识"已过去 6935 天，"上帝与猪宝恋爱纪念日"已过去 327 天，最新的"猪宝上海出差"的事项上，数字已经跳到第 9 天。

邱白露阴森森地在他身后问："这是什么玩意儿？"

张一寻一激灵，回她："你不需要，你每段恋爱的时长一只手数得过来。"

"你小声一点！"邱白露捂住他的嘴。

一个刚洗完澡的肌肉裸男围着浴巾从他们家洗手间出来，这是邱白露的新男友，银泰楼上的健身教练，狮子座。邱白露在北京学雅思的日常生活，就是逛最贵的街，打最晚的游戏，健最能谈恋爱的身，美最能提拉抗衰的容，蹦只有卡座的迪，开她爸派专人从广州送来的保时捷，以及周末学一个小时的雅思。

“你爸知道雅思不是学年制，不用上四年的吧？”张一寻非常严肃地问她。

她想了想，好认真地答：“应该知道吧。”

张一寻没理会在客厅腻歪的小情侣，刷到网页上的婚纱摄影小广告，模特的眼睛特别有辨识度，点开大图，修片过度的男模怎么看怎么像陆乘风。想起他进组后就没怎么联系了，一问对方竟然在朝阳大悦城，索性合上电脑，约他吃夜宵。

“你去哪儿？”邱白露问他。

“找帅哥。”张一寻换上便装。

“还要找吗，我的给你呀。”邱白露陷在沙发里，双腿在狮子男胸上蹭。

张一寻给她一个意味深长的笑。

“宝贝，你饿吗？”邱白露看向教练。

教练被问住了。

于是张一寻就带着两个拖油瓶一起去见了陆乘风。

陆乘风确实进组了，但拍了一个月之后，被制片人塞进来的新人给换了。他心灰意冷地跟经纪人大吵一架，两人闹掰，直接解了约。家人帮他赔付完违约金后，陆乘风决定留在北京，不想再让父母操心，就拍起婚纱照养活自己。

“你居然下海了啊。”张一寻打趣道。

陆乘风说：“注意用词。”

“我觉得你拍婚纱照浪费了。”

“我也觉得，但老天爷没觉得。”

“会好的。”张一寻跟他碰杯，“那你现在住哪儿啊？”

“传媒大学那边，跟一个小演员住在一起。”

“不然让你朋友也搬过来跟我们一起住吧！”她已经以迅雷不及掩耳的速度在卫生间补了个全妆。

“住哪里，睡地板吗，还是跟你睡？”张一寻故意挑拨她。

教练明显笑容有点僵硬，邱白露瞪了眼张一寻，收敛气势，仰头喝大酒，乖乖跟她男朋友啃羊肉串。

酒过三巡，除了严于身材管理的教练，另外三人都有点喝多了。知道陆乘风之前在横店总被欺负，辛苦拍完的戏的正片里只留了几秒，张一寻有点难过，难过的不是朋友过得竟然这么不好，而是明明不好，却没在第一时间想到他。

张一寻问他：“如果不是我看到你的婚纱照，你是不是不打算联系我了？”

“怎么会，大家都不容易，有些事儿说了也帮不上忙，还会打扰你们。”陆乘风喝了酒就会上脸，眼睛都被熏红了。

张一寻转着酒瓶嚷嚷：“朋友不就是互相打扰出来的嘛，大学四年我们是白过了吗？北京这么大，说不联系，感情真的就淡了。”

气氛顿时有点丧。

“宝贝！”邱白露突然浪叫一声，看着对面那桌正在切蛋糕庆生的客人，撒娇道，“人家也想吃蛋糕。”

“乖，现在已经几点了，店都关门了吧，明儿我带你去吃。”教练挺直腰，悻悻地说。

“陆大帅哥想不想吃？”邱白露突然问他。

陆乘风眼圈通红，有点飘。

“你想，好嘞。”只见邱白露撑起身，拿着桌上一瓶雪碧过去，熟络道，“哟，过生日啊，生日快乐！”

“谢谢，来来来，吃蛋糕！”

邱白露端着蛋糕回来，直接咬了一口，然后递给陆乘风：“一手交蛋糕，一手交微信，怎么样？”

“不怎么样！”张一寻把她拗回去，给教练使了个眼色，让他赶紧给带回去。教练听话地拎起她的手询问，百依百顺的样子宛如一个大型公仔。

邱白露闹得厉害，店里的人都看着他们。教练好不容易鼓起勇气，劝她的声调稍微高了点，试图把她抱走。

“别动我！你以为我们在上课呢！我就是跟好朋友喝个酒，大家玩一玩，谈恋爱谈得这么没自我，大家早点止损，分手吧。”邱白露胡言乱语道。

教练明显面子挂不住，浑身大汗淋漓，挺了整晚的背像泄了气的气球一样蔫下来，胸肌仿佛都小了一圈。

“还不走，杵这儿加湿呢？”邱白露问。

“神经病。”教练猛地推开凳子，骂骂咧咧地走了。

陆乘风大开眼界，演戏都不带这样的，甚至怀疑张一寻的择友观是不是有点跑偏了。教练没走多久，他实在晕得难受，借口明天有拍摄，匆匆离开了，到最后也没跟邱白露换微信。

路上张一寻问邱白露唱的是哪出，邱白露蹦跶在前，张嘴深呼吸，歪着头朝他笑道：“谁叫你们突然开始煽情了，太油腻。”

“你这样让陆乘风怎么看我，他是我大学最好的朋友。”

“你们啊，都太在乎别人怎么看自己，我不会，我只在乎是不是达到自己的目标。”

“你有什么目标？谈一个甩一个吗？”

“喂，不要太严肃了好吗？”

“你这丫头自己注意点，作恶多端早晚有一天把自己反噬了。”

“你知道你现在离天堂有多远吗？”邱白露上前悬着张一寻胳膊上的肉就是一扭，“8 英尺！”

邱白露在床上敷着面膜，她掏出 iPhone 5，点亮屏幕，锁屏是一棵树。两个小时前，他看到陆乘风的 iPhone 5 亮起，屏幕上就是这棵树。她喝酒最好的一次记录是十二杯长岛冰茶后仍然屹立不倒，整个卡座的人都被她喝挂了。所以今晚的那些啤酒，权当给烤串解解腻。临走前，她把自己写着“人见人爱”四个大字的手机壳取下来，偷偷换掉了陆乘风的手机。

没一会儿，手机果然响了，她已经想好了怎么接陆乘风的话。来电的人叫“我的好运”，她觉得这游戏，开局果然很好运。

“喂，”邱白露娇声道，“等你的电话很久了。”

“你、你好，”是一个女生，“不好意思这么晚打扰你，陆乘风喝多了，他的手机好像拿错了，打来想问问看，是不是你……”

“你哪位啊？”邱白露打断她。

“我是他女朋友。”

邱白露挂了电话。

他女朋友又打来了，邱白露把手机按在胸口，眼珠子不住地动，在夜里泛着光。接听后，用若无其事的语气说：“嗯，这么晚了，他从我这走得急，明天我们换回来吧。”

狼人杀玩过吗？特别会玩的悍狼都会利用普通村民的无知，用欺骗的方式跳预言家，跳猎人，跳女巫，以此击中他们的敌人。

“人品守恒定律”在这种狼身上是不起作用的。

邱白露觉得陆乘风特别，说不上哪里特别，但就是想让他记住自己。她不过是觉得这么玩，更有意思。

本来以为第二天来的会是他女朋友，结果是陆乘风。他们约在三里屯北区，邱白露把手机还给他，上面套了一个手机壳，大字写着，“我是巨星”。邱白露说，吸引力法则听过没，要给自己心理暗示。陆乘风来回看了很久，说了句谢谢，勉强接受。

邱白露把自己的微信二维码打开。

“什么意思？”陆乘风问。

“谁说免费送的，二十九块九毛。”

陆乘风加了她的微信，邱白露发来一串银行账号，他认真地把钱打了过去。

邱白露心满意足地抱着手机，问：“她有跟你说什么吗？”

“谁？”

邱白露一笑了之，又问：“张一寻知道你有女朋友吗？”

“没问我也就没说了，我跟亭玉在一起没多久，她也是演员，很单纯的，你先不要跟张一寻说，还是我亲自告诉他吧，免得又说我不够朋友。”陆乘风碎碎念着。

“其实我也很单纯。”邱白露很会抓重点。

“看不出来。”他冷冷道。

“能让你看出来的单纯，本身就没那么单纯。”

与邱白露分开后，陆乘风独自去SOHO的一家影视宣传公司试镜，对方说四季度有一个重量级的综艺节目，明星父亲带自己的小孩旅行，买的韩国模式，内部看片后评级一定会大爆。他们要给节目前期的网络宣传片找男主角，宣传片会投放各大视频网站及机场公车地铁广告。

试镜的其中一个镜头要求演员把摄像机当成自己的孩子，情绪由喜至悲，看着孩子一天天长大，自己也慢慢变老。哭戏是大学表演课上的常规训练，陆乘风可以一分钟内表现出不重样的哭法，但就是开头部分的笑，导演怎么都不满意，说他的笑不够真实，不太适合这个角色，但陆乘风执意请求再给他一次机会。

摄像机待机，他对着手机的前置摄像头练习，重复多次后，一时间竟不会笑了，正颓丧时，他注意到背面的手机壳，抬眼看了看现场的工作人员，甚是尴尬，迅疾把壳子摘掉，里面贴了张字条，邱白露写着：看来巨星膨胀了。

他歪着头，嘴角牵出一丝笑意。

这一笑正巧被导演抓住，让他用这个感受来一条，结果陆乘风超常发挥，导演在监视器后面鼓掌，当即就说没太大问题，等通知。

陆乘风诚恳地点头，受宠若惊地紧紧握住了手机。

朱夏出差半个月后，张一寻的小说终于开始动笔。他打算把他们的青春写出来，但估计公司领导尝到了甜头，那段时间让他每天都要发一篇随感，还学广告公司定了所谓的KPI（Key Performance Indicator，关键绩效指标）。这样一来，上班下班都得为每天的精品稿子服务，不论是给杂志投稿，还是写自己的小说，时间都被占去大半。

这天，领导专程找他，说下班后请他吃饭。张一寻后来记了很多年，他们去的那家素菜馆子叫静心莲，藏在团结湖七拐八扭的院子里。点菜的时候他偷偷看了眼菜单，暗暗确认了好几遍那些天文数字，整晚的素食大餐，从第一盘前菜到最后一盘甜品，这家店诠释了什么叫用生命在盛菜。当两个服务员端上来一盆芭蕉树，然后盆子边上零星放着几片蘑菇的时候，张一寻无比怀疑人生，连蘑菇都比他来得金贵。

领导拨开树丛，幽幽地说专门为他成立了文案组，今后他就是这个组的组长。

“小伙子，好好干啊。”

张一寻点点头，心里特别不是滋味。

他看到角落上放着一块名人名言的相框，上面用双语写着：“只要心里有盏灯，再平凡的人也会拥有美丽的人生。”

他恍然觉得，昏暗的餐厅里，好像有什么亮了起来。

这头的魔都，朱夏又是请客又是送礼的，终于讨好了客户，但客户对方案还是不满意。把故事的来龙去脉摸清楚，她才知道自己跳了多大的一个坑，那个市场部主管也是年初新上任的，之前的主管跟这个珠宝客户关系维护得一直都很好，主要是善于听他们的意见，结果这个新来的，用三把火烧了客户的存在感，大大咧咧地做了很多出格的事，让客户不得不找他的茬，新的主管跟许念念三观不合，经常在大会上针锋相对，眼看就要丢了客户，跟许念念借朱夏，不过是找了个冒尖的替死鬼垫背。

许念念说老板很看重这个客户，毕竟金额排在公司前列，回款也正常。这么耗下去横竖都是死，朱夏看着自己出过的五套方案，她做了个决定，筛选了五套方案里客户可能会喜欢的几个重点事件，然后要来珠宝样品，请摄影师拍好官方图，发给项目组的设计，让他们直接就方案出海报。

一开始问了几个年轻设计都不乐意，说客户又没签约，做无用功怎么办。设计总监也不愿动员自己组的下属进坑。朱夏急了，刻意在策划部大群里说："特殊时期，我也是放手一搏，如果设计大大们觉得我的需求不合理，可以跟主管和总监申请换项目组。不然如果客户投诉下来，我只好跟老板说，孤军奋战，所以输了这场仗。"

不一会儿，有个之前拒绝的设计说话了："听组长的！"

"组长加油！"

"拼了。"

许念念也发了一个鼓励的表情。

朱夏这才明白，在她接手这个项目之初，许念念跟总监请愿，有给她升职的用意。

最后，朱夏带着五张活动海报的成品，还有微博朋友圈推广的示意图到客户公司，客户一目了然，无法拒绝这样的成果。

"人都是这样的，有选择的时候，就想选更好的，若你告诉他只有这一个好的，他就真觉得不错了。"朱夏总结道。

许念念啥也没说，给她发来一个大拇指。

"我去写工作日志啦。"

"你等一下，"许念念回，"明天老板在上海，你带着这个好消息当面找他去。"

“Why？”

“你这么努力，是为了什么。”

“钱啊！”

“光努力，赚不了钱，努力，并且让老板知道才会。”

“懂了！”朱夏说，“回来请念念姐吃大餐！”

朱夏的老板算是他们圈子里的红人，英文名叫Richard，1982年出生的CEO，喜欢户外运动，华东政法大学双硕士学位。出门一身名牌行头，经常出席各种时尚活动和酒会。跟那些女明星合影的时候，网上经常有人意淫他是霸道总裁的原型，但很可惜，他是弯的。

朱夏找到Richard的时候，他正要出席晚上的酒会，听到朱夏这个好消息，说什么也要邀她一起参加。Richard看着她脸上这半个月以来拼过命的痕迹，啧啧着嘴，给她发了一串SPA会所的卡号，让她做个保养，晚上穿漂亮一点来。

这比让朱夏做方案更加崩溃，她只在电视上看过这种场合，永远黑灯瞎火的，各种名流争奇斗艳，推杯换盏。这次出差，她不仅没带什么好看的衣服，除了这个背了两年的拎包，也没别的包了。

做完人生的第一次SPA出来，朱夏神采奕奕地点开万能的淘宝，货比三家找到一个同城的大牌实体店，只卖998的香奈儿。

朱夏像做贼一样回到酒店，取出那个1∶1的Le Boy手袋，端详了半天，做工精美，着实感谢祖国伟大的劳动人民。想着以前上学的时候，在《当代歌坛》上看明星背的就是香奈儿。朱振东给廖梅也买过，不过她那个比较惊世骇俗，双C标志下面印的是CHINESE。朱夏换了几身衣服，在镜子前怎么背都觉得不搭，转念想这横竖也是一个奢侈品，于是斥巨资在ZARA买了条裙子。

丽思卡尔顿五十八楼的餐吧里，朱夏见识了什么叫真正的名利场，如同刘姥姥进大观园，眼界大开，女的瘦如妖精，男的西装挺括，眉眼发光。朱夏紧跟着Richard，生怕一不小心就走丢了。一整晚至少听到了不下五十个不同的英文名，而且话题都围绕瘦身、旅行、融资，以及新的抗衰干细胞技术。听说朱夏是“90后”小白，几个成熟女人对她点头打招呼，完了眼神立刻飘向别处。

朱夏感受到了那种所谓的圈层文化，没有人真的知道自己此刻几斤几两，除非已经成功了，当你好的时候大家都好，不好的时候，连一句问候都是奢侈。

因为太不适应，朱夏自斟自饮了好几杯香槟，结果第一次喝香槟后劲太足，晕头转向地终于撑到酒会结束。Richard体贴地把她送回酒店，路上，Richard松了松领带，说：“我就挺喜欢‘90后’的。那种为了一件事儿自私到六亲不认的样子，我们这些老人羡慕不得。”

车里空调开得很低，朱夏觉得整个车厢都在转，胃里泛滥着恶心。这算是她第一次跟Richard近距离接触，不知道为什么，觉得他很亲切，不是因为他们性取向相同很有缘，而是感觉他好像很慈悲，慈悲到把一切都看得很透彻。

过了两个红绿灯，朱夏胃里翻江倒海，终于忍到了酒店，她保持最后一抹笑意跟Richard道别。

“怪不得念念那么喜欢你，加油啊。没有什么能毁掉下一代，除了上一代的嘴。”Richard摇下车窗补充道。

目送Richard离开，喉咙一紧，朱夏弯下腰就吐了，还不忘把高仿香奈儿支到一边。

一觉睡到第二天下午，给自己化了个精致的妆，犹如凯旋的将士，朱夏回到北京，开门后得到的第一个消息是，张一寻辞职了。

他蓬头垢面地在房间里待了三天，码完了四万个字。

朱夏看着一桌的外卖盒，满地狼藉的薯片、牛肉干包装袋，她有点恍惚，上一秒还住在窗明几净的酒店里，在策划案和杯盏间畅想未来，到家就被打回原形，一秒摔在苦兮兮的现实里。

趁着张一寻洗澡，朱夏抠着发麻的头皮把房间收拾干净。张一寻听说了她的战绩后，专门打车到国贸，要给她庆功。结果看上的餐厅都要排队，看不上的都太贵，两人索性沿着长安街闲逛。朱夏跟他讲起在上海的细节，小杨生煎多好吃，外滩人多拥挤，淮海路多长，客户多么难搞。

一转眼走到了新光天地。朱夏指着那个硕大的户外广告牌说，就是这个牌子，我们的客户！张一寻听罢偏要带她进去，看看到底是何方珠宝，折磨他的猪宝这么久。

这是朱夏第一次进这种奢侈品云集的商场，在上海的时候，路过恒隆久光好几次，都只是远远看，仿佛它们自带结界，靠近就会魂飞魄散似的。

朱夏从路易威登的店里出来，身上起了一层鸡皮疙瘩，或许是冷气太足，八字不合。眼看前面就是香奈儿的旗舰店，她不愿再走了，涩涩地说："你看那些店员看我们的眼色，走吧，别浪费时间了，我饿了。"

"欸，你这新包上的标志是不是跟那家一样啊。"张一寻把她的香奈儿拎起来。

朱夏扯过包径直往外走："哎呀走了，这地方就不是我这种人待的。"

"你是哪种人啊？"张一寻哭笑不得地跟上她。

"买假包的人！"朱夏一声呵斥。

朱夏终于还是没能战胜这没来由的自卑，可能真的跟这高仿包有关，可能是不喜欢柜姐的眼神打量，也可能是刚从超出年纪阅历的职场上疲惫而返，在那一刻，她只想回到自己的小屋躲起来，睡个昏天暗地。

最后，他们搭地铁回了国美第一城，决定还是在家附近随便应付了事。

两人走在青年路上，经过这一折腾，肚子饿过劲儿，原本的好心情被两人磨成颓丧。不知是谁又聊回到张一寻辞职的事，朱夏还是觉得可惜，毕竟算是上升期的工作，大不了先不着急写小说。但张一寻说跟写不写小说没关系，是他确实做得不开心。

张一寻愤愤道："说到底你就是不支持我辞职。"

"我不支持也不反对。"

"这种假装表现宽容的话，本质上就是反对！"

"我反对又怎样，你已经辞了啊。"

张一寻急了："如果是你朱夏，早就辞了一万次了，换我，这一次都不行。"

朱夏说："跟我有什么关系。这工作目前没什么毛病，没原则问题吧，工作是你自己的，我也是为了我们的生活着想啊。"

"它最大的毛病，就是它根本不是我张一寻该做的工作。"

"你该做什么？灵犀一点，造福社会？真当自己是上帝啊。"

张一寻话锋一转："我还真是！"

"白痴！"

想来这是他们来北京后头一回吵架，张一寻觉得朱夏不理解他，可怜巴巴地走在前面，朱夏也在气头上刻意放慢步调跟着。眼看张一寻头也不回地进了小区大门，她气急败坏地关掉了马上没电的手机，转而掉头走了。

在国美附近晃悠了一个多小时，走累了，看到路边的生煎包店，想到张一寻没吃过，就买了点，顺带买了两杯豆浆，付完钱才想起来自己正在生气。

拎着晚餐，她走一步退三步地往家的方向走。半路遇上穿着短裤拖鞋，举着手机急赤白脸的张一寻。张一寻看到她，先是一横，随后忍不住笑，朱夏嘟起嘴，气未消但也觉得好好笑。

张一寻说："我的底线就是今后吵架不许关手机！"

朱夏说："我没关，手机没电了。"

"我劝你善良。"

"快帮我拎一下，手都勒疼了！"

最后两人愉快地在家吃了顿生煎包子宴。

朱夏接受了张一寻辞职的事实，唯一的要求，就是不许在家里那么邋遢。可是张一寻真的创作起来，就是会不自觉地制造垃圾，为此，道高一尺魔高一丈的垃圾制造者邱白露偷偷请了个钟点工，每天在朱夏下班前，会把家里回归原样。以至于每每朱夏回来看到如此温馨的三人之家，都会在张一寻脸上留个吻，给邱白露的奶茶里多加一份珍珠。

邱白露这段时间常在家，破天荒地没有谈恋爱了，而是时常抱着手机滑呀滑的，时不时发出一声浪笑。

"她应该在网恋。"朱夏说。

如果朋友圈有查看来访客人的功能，那陆乘风一定会觉得邱白露是个变态。原本没几条的朋友圈，被邱白露刷了一遍又一遍，有时点了赞，又故意取消，隔几天再点一次。

强势刷存在，逼着陆乘风给她回微信。

陆乘风的手机又响了。

他一看是微信提示，懒得滑开，放到一边，继续看电视。

旁边的李亭玉看在眼里，问他："上次那个宣传片的工作怎么样了？"

"没有消息了，我明天问问看，不能催得太紧。"

"我今天去试了一个现代戏，角色还挺好的。"李亭玉柔声道。

"嗯。"陆乘风勉强撑出一个笑。

电视上正在放《One Day》，李亭玉看得心里闷闷的，躺在陆乘风怀里问："你有一天会不要我了吗？"

陆乘风顿了顿："你又不是件物品，不存在要不要的。"

"反正这辈子我就跟着你了。"

"我们都不是为了取悦谁才恋爱的，要为自己活。"

李亭玉坐起来："你就不能说一些让我开心的话吗？"

"你又不是第一天认识我。"陆乘风把她重新揽入怀，在额头留下一个浅浅的吻，"别把戏带到生活里来，我们好好的就行了。"

李亭玉欲言又止，看着电视明明灭灭的光，脸上再无一点盼望。

他们去年在那个大导演的组里相遇，前期在演员培训班上课，每天像是重回校园，一起排练，一起吃饭，一起解放天性。

十人的小班课，两两要完成一个训练，面对面隔着十米的距离，一个人看着另一个人从对面走过来，不能退缩移动，完了两人调换位子再来一次。演员是讲究气场的行当，看谁用眼神表情就能唬住人，也看谁不为所动坚定自我。

这种训练在外行人看来会很暧昧，因为指导老师要求径直向对方走，两个人的眼神不能离开彼此，而且可以以任何形式撞在对方身子上。

他们分在了一组，陆乘风个子高，李亭玉走向他的时候，得仰着头看他，靠近时与他撞个满怀，攻击力全无，对方坚定如钟。轮到陆乘风向她走，李亭玉看着他气势汹汹的眼神，竟然有些害怕，五米、两米，越来越近，直到陆乘风硬撞上来，李亭玉吓得想躲，没站稳，跌坐在地上，陆乘风立刻弯下腰询问，他的眼神又变得好温柔。

那种让女孩子怕过且温存过的男生，都无法只成为女孩心里的过客。

一个月的训练结束后，他们就在一起了。谁也没跟谁表白，就自然而然地因为租房子的事决定住在一起，有了家，心就有了归宿。

唯一的遗憾，是李亭玉顺利拍完了那部戏，而陆乘风被临时换了角。戏拍到一半，李亭玉还跟制片方的经纪公司签了约，杀青没多久，就接到了商务合作。

上帝是公平的，因为他对每个人都不公平。

有些动听的话，陆乘风不是不能说，而是深知自己没资格说，话说多了，怕一语成谶，尽管少了一点心意，但此刻的不打扰，却是一种不合时宜的美德。

00:07

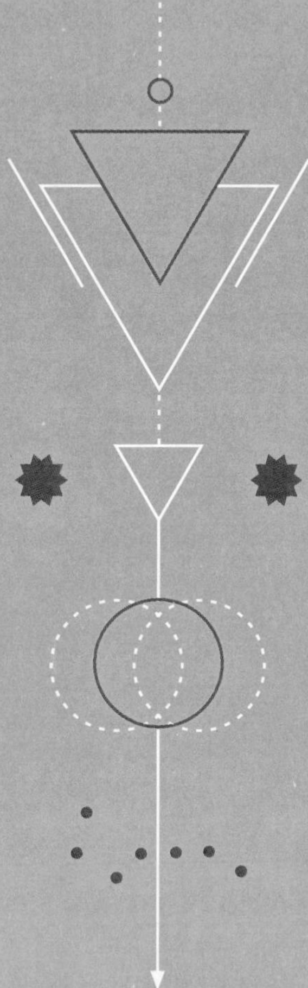

当生活终于踏上所谓正轨，时间就特别经不住过，终于迎来北京短暂的最好的天气，马卡龙色系的粉蓝晕染在空中，有风拂面，一叶知秋。张一寻完成了自己十二万字的长篇小说，从他递出文本的那刻开始，几乎每天都会问徐老大出版的进度，得到的回答一致：编辑在看，别着急。

他最怕听人跟他说别着急，往往这就像墨菲定律，其实自己不急，但就会不痛不痒地卷起一些是非，让自己变成真着急。他经常投稿的两家杂志停刊了。这就意味着，现在唯一的财路也断了。而这一边的朱夏，领着一个月五千的薪水，已经从每天搭地铁上下班，变成了拼车。

张一寻没敢跟她说杂志停刊的事，还在硬撑着要付邱白露的房租。看着 ATM 机上的数字，张一寻觉得脸疼。从银行出来，接到林夕施的电话，她马上到北京了。

作为老家 F4 的视察代表，林夕施把茶楼托管给朱夏爸妈，一个人坐着卧铺拎着两大箱土特产登陆帝都，一路聒噪地到了他们的大房子里。只见她做作地扶着阳台的围栏，边喊着自己恐高边拍着张一寻的背，振振有词：“没得国企的铁饭碗，我儿照样出息！”

张一寻带她去了颐和园、南锣鼓巷、长城，并且一大早去天安门看升旗。林夕施望着毛主席的画像，眼含热泪地说：“毛主席，我来看你咯！”

“快给我和毛主席拍张照！”她扶着白色的栏杆。

“快给我在这个桥上拍张照！”她荡着丝巾。

“快给我在这个巷子洞洞头拍一张！”她扶着树。

妈妈拍照的经典姿势，齐备了。

他们这半个月在家的睡法是，林夕施睡他们的床，朱夏睡邱白露的床，张一寻睡沙发。张一寻没告诉她这是邱白露租的房子，早前已经安排妥当，跪地请求邱白露去酒店避几晚。要知道在林夕施的记忆序列里，邱少是当初那个杀人犯的妹妹，是个无恶不作的混子。

林夕施为此八卦之魂燃烧，旁敲侧击地问张一寻和朱夏那个过没有。张一寻脑袋疼，回说，你不是看到这有两间房吗？林夕施沮丧万分，转而问他们什么时候结婚，张一寻一口水喷出来，呛个半死。

有林夕施在的日子，家里就是各种战役，尽管张一寻和朱夏跟她解释过很多次，点回家里的外卖与老家的盒饭不同，都是正规餐厅做的。但林夕施就是嫌饭菜有味道，还这么贵，吃得心里不踏实。眼看张一寻又要跟她开启新一轮唇枪舌剑，朱夏提议说等她下班回来，给他们做饭吃。林夕施一口答应，嘚瑟道还是朱夏对她好，信誓旦旦要配合她，每天早上出门帮忙买菜。

结果林夕施在老家一个人住惯了，出门必须把门反锁。第二天一早，就习惯性地把他们锁在了家里，还洒脱地没带手机。眼看要误了上班打卡，朱夏只能扒在窗台边大口吞吐着新鲜空气，劝说自己是个贤良淑德的女朋友。

一波未平一波又起，辩论战完了，是游击战，张一寻扔东西，林夕施捡东西，最后捡的东西比他扔的还多，把邻居家的也捡回来了。

以至于家里莫名出现一条藏蓝色男士内裤，差点让张一寻误会朱夏。一肚子委屈的朱夏躲进洗手间，趴在门上听张一寻教育林夕施，不要什么东西都舍不得丢，也不要见什么都往家里捡。

林夕施面子上挂不住，开始翻旧账细数她一个人是怎么把张一寻养大的，不能现在儿子长大了，就开始嫌弃这个妈。

说着还伴随一阵抽搐，突然倒在沙发上，白眼一翻，喘息着："儿啊，妈快不行了……"

朱夏听到异样，赶紧跑了出去，怎么摇林夕施都岿然不动。朱夏吓傻了，问张一寻要不要叫120。张一寻一脸淡定地双手叠抱在胸前，半晌，他弯下腰使出绝招，双手插进林夕施的鼻孔里，见她整张脸憋成猪肝色，终于睁眼。

她一掌拍开张一寻的手，一脸茫然："发生啥事了？"

"妈，戏过了。"张一寻埋汰道。

"没得意思。"林夕施尴尬地起身，去厨房找吃的了。

朱夏看呆了，虽说自小就知道这位林阿姨的特别，但花时间亲身感受过，才领教其一二。原本以为这几日种种只是跟未来婆婆相处的小插曲，直到有一天看见自己的美妆蛋压在桌腿底下，心爱的面霜缺了半罐，她崩溃了。

林夕施振振有词："北京太干了，脚脖子起皮，用你们谁的宝宝霜抹了一下，但是不太润啊。”

朱夏保持礼貌的笑容，努力端庄：“阿姨，那个叫面霜，擦脸的，不是宝宝霜，更不是拿来擦脚的。”

“啊，你不抹脚啊？阿姨教你哟，女孩子不能光在意自己的脸，身上也还是要抹香香的哟。”

“我不是这个意思……”崩溃临界点的朱夏被张一寻拖走了。

晚上趁着林夕施睡着，张一寻终于可以在客厅抱着她，边哄边赔罪。

“那面霜你知道多贵吗，我每天都掐着指头用的！”朱夏越说越委屈。

张一寻说：“好了好了，我给你买新的。”

“新的不花钱啊！”朱夏给了他一拳，“我那一大瓶身体乳让你妈随便抹去。”

“我一会儿就给她搁床头！”张一寻说，“然后把你的面霜封在柜子里，设个结界。”

“还有我的美妆蛋！”

“什么蛋？”

“化妆的，你妈拿来垫桌子了。”

张一寻听完一乐：“我发现女人当了妈以后啊，都习惯性不要脸。”

“怎么说话呢，那是你妈。”

“对嘛，那你也别生气了好不？”张一寻嘟起嘴。

朱夏脑袋一歪：“不说了，你给我唱个歌我就原谅你。”

“不要吧，把里面那位吵醒了怎么办？”

“那跳个舞。”

张一寻严肃道：“请你尊重我，我只卖身不卖艺的。”

下一秒，张一寻踮着脚蹦跶，双手乱舞，绕着朱夏不停转悠，嘴唇抽搐，眼神迷离，朱夏被逗乐了，举着手机录下来做纪念。

林夕施以前村里有个老同学，大学毕业后来北京发展，成了个私企老板。老同学知道她来了北京，请他们去俏江南吃饭，从电梯一出来，林夕施就止不住啧啧嘴。

“儿啊，这是不是就是那个大丝儿老公开的店哦。”

“妈，那叫大‘挨四’。”

“管她什么丝儿，明星的店就是有气派啊。”

张一寻翻着白眼，无言以对。

“我儿今后是大作家，也当明星去。”

“妈，一会儿你不许乱讲啊。”张一寻警告她。

结果在饭桌上，老同学津津乐道在北京买的房、留学海外的儿子。林夕施女士怎么能受这档子憋屈，于是大聊特聊张一寻出小说的事，还大言不惭说他就是未来的金庸。在座的男女老少都激动了，嚷嚷着出书之后要给他办个庆功宴，公司里每人都要来一本。

张一寻头疼脑热地吃完这顿饭，回家路上林夕施问他：“刚刚他们说在亦庄买房子，你看人家皇城根的人都说今后北京房价会涨，咱们要不要考虑买一套啊。”

“买什么买，你有钱啊。”

“凑凑嘛还是有的。”

“今后还在不在北京都不知道，亦庄是哪儿啊，听着名字就不吉利，你别想了啊。”

“哦……”林夕施若有所思地应下来。

跟林夕施“愉快”的相处时光结束了，张一寻在车站送别依依不舍的林夕施。看她背着双肩包钻进南站拥挤的人潮后，回头再想找她的身影，就找不到了。

跟妈妈在一起的时候，无比嫌弃，离开了又有点想念，张一寻心生遗憾，明明可以做得更好的。

等他回到家，立刻把刚才的愧疚抛得一干二净，只见客厅的真皮沙发上，被林夕施铺上了那种在上个世纪出现过的牡丹花坐垫，他们卧室的墙上，钉着一个硕大的中国结。

他扶额，给自己打气，要在朱夏下班前回归原样。

到了夜里，累了一整天的朱夏倒床秒睡，张一寻侧卧在旁，心事重重。手插进枕头里的时候，摸到一个信封，他抽出来，是一沓厚厚的钱，数了数，有六千。

林夕施不太工整的字迹写着：“这半个月把老娘陪得很开心，赏你的。”

他鼻子一酸，眼圈立刻就红了。

如果世上真的有神明，大概就是知道你什么道理都懂但仍然磨碎了嘴，就是即便你用多么云淡风轻的谎话都骗不过她的眼睛，就是在芸芸众生中只能听见你的愿望，就是即便被耗成凡人也愿意为你此刻的生活再添一碗饭。

这个神明的名字，叫妈妈。

一周没回成家的邱白露，从票务代理公司那搞来了陆乘风的身份证信息，对他的行程了如指掌。陆乘风接了一个石家庄影楼的活儿，在动车上找到位子正想坐下，就看到前排的邱白露。她借口说要去石家庄找个朋友，没想到在这里偶遇。

陆乘风看了一眼自己的二等座车票，没再理会她。

“微信也不回，为什么要躲着我啊！”邱白露呈跪姿趴在座位上，撑着椅背问他。

“有吗？”陆乘风戴上耳机，刷起手机。

邱白露说：“还用着我的手机壳呢。”

“小姑娘你能不能好好坐着！”邱白露旁边的抠脚大叔嚷嚷道。

邱白露横了他一眼：“你这脱鞋抠脚的有什么脸跟我说话啊。”

“你这是啥态度！”

“为民除害的态度啊。”

“你这丫头有爹生没娘养吧，怎么说话呢你。”

“你家住敦煌的吗？壁画那么多。”

大叔一愣：“啥玩意儿？”

“哥，”陆乘风拍拍大叔，“别跟姑娘一般见识，我跟你换个位子。”

“你们小两口吵架别伤及无辜！”大叔骂骂咧咧地开始穿鞋。

邱白露见陆乘风在她身边坐下，难掩喜悦，自言自语道：“哎，我一大好的单身女青年，竟然被误会跟有妇之夫是一对，好可怜啊。”

陆乘风没理会她，塞回耳机，闭上眼。

邱白露托腮傻笑着，往他身边靠了靠。贴在他的椅背边，看着他俊朗的侧脸线条，微微上下晃动的喉结，感觉闻到了玫瑰花的香味。

人真奇怪，一开始，只是权当游戏想玩一下的，可真的玩进去了，童心慢慢发酵成野心，即便游戏的冠军不是自己，也不甘心让它明目张胆地属于别人。

这次的拍摄量是棚里三套，室外两套。陆乘风已经感受到这个大胡子摄影师的不专业，全然不顾他们怎么摆，自己把玩快门，出片不满意还怪模特乱动。他本不想无畏地争辩，早结束早相忘于江湖，等团队挪到户外，大胡子为了抓银杏飘落的效果，硬生生让他背着女模特，定住拍了半个钟头。

一旁撒落叶的小哥也累得够呛，陆乘风放下女模，冷脸问影楼的负责人："不求你们专业，但这种大学生作业的拍法是不是有个一两张就可以了？"

大胡子的气焰一点就着，宣告摄影师主权，脏话连篇，不拍滚蛋。影楼的负责人上来解围，说是解围，不过也是帮大胡子说话，人家可是石家庄摄影比赛获过奖的。

陆乘风满脸不屑："拿着地方上的奖状在这个圈子里混，跟没断奶就想走路是一样的。"

"你一个小模特放什么屁呢！"大胡子气急败坏道。

形势紧张之际，一辆保姆车停在路边，车门打开，邱白露端着咖啡下来，身后跟着一个保镖模样的大汉。她上来拉住陆乘风，有模有样地说："我天，终于找到你了，你再出来接私活儿，我要给公司告状了啊。你这都要上张艺谋的戏了，能不能珍惜自己的羽毛啊，钱是赚不完的。"

腔调拿捏得到位，再加上她一副非常不好惹的样子，在场的人包括大胡子都将信将疑地凝固了。

戏做足，邱白露转身对影楼负责人说："我会按合同违约金赔给你们，人我得马上带走，对不住了。"

负责人拉住他们，立刻殷勤地改口："小陆，你就给我看了你之前的婚纱，没说你是演员啊。一定是误会，误会！大家都是专业人士，有意见是肯定的，况且我们这小买卖哪有合同，这也是小陆自己接的活儿啊，我可有聊天记录的。”

负责人越说声越小。

“你是想威胁我们吗？”邱白露问。

“不敢不敢，想说你们也有责任嘛，您要是早点来，说清楚，咱们也不会这么不愉快。”

“所以现在就晚了是吗，你们进行到哪儿了，礼成了吗？”

负责人败下阵：“好了好了，你们想怎么拍就怎么拍，一个小时，好不好，钱我再加五百，姐，您想办法通融一下。”

“半个小时。”

“那你们火了，我这照片还是可以打宣传的。”

“宣传是要另收费的，要走我们公司宣传部……”话说了一半，邱白露被陆乘风拉去一边。

陆乘风用力握住她的小臂：“闹够了吗？”

“你弄疼我了！”

陆乘风松开：“你想干什么？”

“帮你啊，看不出来吗！”

“如果我落魄到都需要你帮忙了，我觉得我差不多也活够了。”陆乘风在气头上，话撂得很重。她的出现，不觉得是解围，更像是侮辱。

“……”邱白露瞪着他吐不出半个字，气鼓鼓地上了保姆车，绝尘而去。

那个大胡子后来再也不飙脏话了，没了气势凌人的态度，俨然一个人工快门，机械地按完，末了还故作矜持地找陆乘风合影。

陆乘风在车里换回自己的衣服，背上包准备走，影楼负责人迎上来，如履薄冰地问："大明星，别跟你们经纪人伤了和气，你的照片我不乱发，就放我们店门口可以吧?"

他苦笑一声，扬扬手，离开了。

就在两天前，他给上次面试宣传片的导演打了电话，对方的回复说换了方案，节目的明星家庭可以配合拍宣传片，就不再需要其他素人了。

素人，多孤独的形容词，听来像是拄着拐杖，为一口人间烟火，穿着袈裟化缘的僧侣。同样是梦想，却因为身份的悬殊，变得朴素和遥远。

前路漫长，却不能盼望。做这一行，就意味着被选择，所有运气都是施舍。

陆乘风站在灰蒙蒙的冷风里，遇上晚高峰，路上打不到车，眼看就要误了订好的动车，整个人陷入一种愁上加愁的悲伤。

他抬眼，看见坐在路对面一直等着他的邱白露。

见陆乘风来，邱白露闭上右眼，用左眼看他。

陆乘风不解："这是……?"

她愤愤道："看到你就气，我需要把你这张脸高糊一下!"

陆乘风被她弄得彻底崩溃："你到底想怎么样?"

"我喜欢你，我想追你。"她直截了当。

"你知道我有女朋友了!"他喊道。

"知道啊，但不是我啊。"

陆乘风掉头离开。

“喂！”邱白露叫住他，“那做个朋友都不行吗？”

“你这种人会没朋友？需要来找我？”陆乘风背着她道。

“没有。”

“那你是怎么坚持活到今天的？”

“自拍开美颜。”

陆乘风扑哧一声笑了，他被这个女孩打败了。她总有一种化神奇为腐朽的力量，像是埋地雷的高手、坑队友的冠军，靠无知者无畏的死皮赖脸，成为他人生中到此刻为止，最不按套路出牌又无力抗拒的存在。

他回到邱白露身边，正色道：“但你得答应我，不能再有别的想法。”

“那你得回我微信。”

“我真的很不喜欢看手机。”陆乘风见她又开始起范儿，怕了，改口道，“那每天不超过三次。”

“五次。”邱白露讨价还价。

“三次。”

“五次。”

“三次。”

“三次。”

“五次。”

“成交！”邱白露拍掌。

“你……”

“看来搞艺术的果真对数字不敏感。”邱白露盖棺论定。

眼看离发车时间越来越近，邱白露不紧不慢地打了个电话，保姆车从路对面开过来。毕竟包了一天，不能浪费。

车上，陆乘风调侃道：“你不是说来石家庄找朋友吗？”

邱白露说：“这不找到你了吗？”

秋天进入尾声的时候，王菲和李亚鹏离婚了。大喊不相信爱情的男女基本都是单身狗，张一寻就只能靠爱情度日，除此一无所有。他的小说依然出版缓慢，编辑过了三审，卡在了书号上。他每天搬着凳子守在出版社，像是在医院门口等待妻子生产的丈夫。

徐老大给他画了很多饼，比如某知名作家看过他的书稿很喜欢，可能会有个深度合作，参与出版工作，给他做监制。比如请了网红摄影师给他拍摄宣传片，预算都已经批好了，再比如让他想想出版之后的宣传计划，可能会给他办签售会，每天会比现在忙十倍。

起初靠着这些饼还能充饥，后来听得多了，就换来成吨的失望。

他循环播放着王菲那些空冷清寂的歌，过了一段水果摄入靠KTV、蔬菜摄入靠麻辣烫、牛奶摄入靠奶茶、有氧运动靠睡觉的日子。

朱夏看不过去，跟他吵过很多次，基本把这么久以来吵架的额度在这段时间都耗尽了。

他们这对鸳鸯眷侣吹鼻子瞪眼的时刻，都被邱白露拍下来了。吵架是这样的，但凡有第三个人在，肇事双方都揣足了自尊心，照料着自己的面子，往日里撒个娇就能过去的，现在不可能过得去。

朱夏不想让张一寻苦等，嚷嚷着：“落后就要挨打！”

“枪还打出头鸟呢，你没听过吗？”张一寻反击。

“别吵了，要想打你们，什么理由都可以！”邱白露一手呼上一张脸，把两人推开。

朱夏有时不知该如何面对他，宁愿选择下班在公司多待一会儿。

看着天色渐沉，对面大楼的灯渐次亮起，玻璃上透出自己落单的身影，脸上的表情被室外的水雾挡着看不清晰，在不知不觉中，冬天又到了。

这天，许念念早早给她发来微信，别加班了，晚上吃海底捞去。

什么事都逃不过许念念的眼睛："吵架了还是分手了？"

朱夏害怕听到那两个字，肥牛没咬到，咬到舌头了。

"看来还有的救。"

朱夏喝了口水，镇定道："我们以前没怎么吵过架，最近不知道怎么了。"

许念念安慰："谈恋爱感情用事是对的，谈生意才保持理智呢。"

"其实我是有点害怕，会不会自己跑得太快，男朋友跟不上了。"

"这个我觉得你不用担心，"许念念细数，"一呢，你别对自己盲目自信，还没开始跑呢。二呢，男生都比较晚熟的，别管什么星座，一定都倔如牛，你得给他试错的时间，否则最后怎么知道你是对的。"

"念念姐，你也就比我大两岁，怎么感觉什么都明白。"

"那不也比你先看七百多天的日出嘛。"

朱夏傻乐着，八卦心四起，含混道："其实我一直也挺好奇的……之前也不敢问，你……"

"我已经结婚了。"

"什么？"

"对啊，大学毕业就结婚了，"许念念夹起毛肚，在牛油锅里一上一下，"女孩对爱的圆满是有依靠，女人对爱的圆满是被依靠，拿得住，也不怕放下，就结咯。"

"你不会告诉我你已经是妈妈了吧？"朱夏睁大眼。

“像吗?”

“对我某些时候，挺像的。”

“你这是夸我呢，还是损我呢。”

“哈哈，那他是什么样的人啊?”朱夏问。

“有机会介绍你们认识。”

朱夏点点头，努力消化许念念已婚的事实。

两人吃饱喝足，从海底捞出来前，服务生把一个白色的袋子递给许念念，朱夏打量一下，双C的logo非常打眼，巧的是她今天正好背着那个高仿，于是尴尬地向后藏了藏。

“喏，给你的。”许念念接过来就转身递给她。

朱夏呆住了。

“你自己肯定不舍得，我就自作主张了，放心，不白送，年底项目奖金打个折，没意见吧?”

“没意见!”朱夏笑得合不拢嘴。

回去的出租上，朱夏按捺不住偷偷把包装拆开了，里面是一个崭新的Le Boy。她心脏跳漏了一拍，弯下腰用力亲了一口。包治百病。到家之后，对张一寻也没脾气了，把包挂在肩上在他跟前晃悠了一整晚，还不忘拍照，发在朱振东和廖梅的群里，发语音大喊道:“二位老大，看到没有，这才是正宗的香奈儿!!”

她觉得许念念那句话说对了一半，女孩对爱的圆满是有依靠，女人对爱的圆满是有包。

张一寻看着她那因为幸福感而放浪形骸的样子，心里即便嘲笑着“呵，女人”一百次，但依然会自责一百次，想抱她一千次，想吻她一万次，想对她好一辈子。

只是那时的他不知道，有些事，想到就要去做的，否则就会来不及。

爱情初期的所有小打小闹，其实都是迈向世界大战的桥。眼泪能忍，但成熟忍不了，感情用事之后，就会用理智看待两个人的关系。

圣诞前夕，张一寻的书号终于下来。徐老大按照合同，给了他一笔预付款，五个点的版税，拿到手有五千多。还说经销商订货数据可观，加印不成问题。

张一寻用版税和一部分积蓄，在星光天地给朱夏买了她之前客户的品牌爆款纯银手链，柜姐说，所有女孩子都会喜欢。

两人吃完饭，电视上放着每年平安夜必看的《真爱至上》，张一寻煞有介事地把一个大盒子搬到桌上，让朱夏打开。

里面有朱夏最爱吃的零食，美少女战士的手办，林俊杰的签名专辑。

“又乱花钱！”朱夏掂量着专辑，准备关上盒子。

“还有呢！”

“什么……啊啊！”她失控地一声尖叫，拿出一个包装精致的盒子，撕开一半，露出盒子的品牌主色和打眼的商标。

“打开看看。”张一寻温柔地看着她。

“你不要告诉我是……”

“你看看。”

“白痴啊，你疯了吧！”朱夏脸上的表情晴转多云，她疑信参半地打开，果然是一串手链，重心尽失跌坐在沙发上，喃喃道，“这得多贵啊。”

“喜欢吗?”

朱夏的理智占了上风:“你用你的版税了?”

“你别管这些,来,我给你戴上。”

“退掉!”朱夏推开张一寻,把手链放回盒子里,塞还给他,“我不要,退掉!”

“你什么意思啊!”跟想象的情景严重不符,张一寻也错愕了。

“你钱多烧得慌吗,我又不是戴这种牌子的人。”

“你到底是犯什么病啊,不是这种人,又不是那种人,我看你有了名牌包明明那么开心,装什么清高啊。”

“张一寻你混蛋!”朱夏咬着嘴唇,眼睛立刻红了。

“朱夏,这是我专门为你挑的!”

“那你也得问问我需不需要!”

“疯子,疯子!”张一寻崩溃了,他看着此刻好陌生的朱夏,眼前慢慢变得模糊。不知如何应对接下来的局面,只能套上外衣,像偷窃被抓包的惯犯,仓皇而逃。

他独自跑到楼下,被空气中的霾呛得不住地咳嗽,越咳心越痛,伴随着一阵恶心,晚上吃过的饭都吐了出来。这半年来,他的压力太大了,那种作为男人的自尊和男友的责任全被磨成必须要努力生活的骨血,他不过也是第一次长大成人,第一次谈恋爱,第一次接受北京这座城市的洗礼,第一次眼睁睁看着梦想破碎又重建。

他擦了擦湿润的眼睛,路过小区的垃圾桶时,脑子一热,掏出兜里的手链,直接扔了进去。

小时候都玩过抽积木的游戏吧,错落放置的积木,即便抽掉一块,站在顶端的人,也不会倒。但少的那一块,永远填补不回来,也因此成为蝴蝶效应里最初的那关键一环。

一旦开始抽积木，就意味着，游戏开始了。

许念念打开门，朱夏站在门外，脸上挂满了泪。

“不知道为什么，我就是不想他花钱。”朱夏抽泣着。

许念念给她倒了杯热水，说：“那就说明你是真的爱他啊。”

卧室那边传来动静，一个高个子男生穿着卫衣走过来。看见哭得梨花带雨的朱夏，一时有点错愕，问：“所以今晚我还有床睡吗？”

“你认为你可以加入我们女孩儿的夜谈？”许念念问。

“我懂了。”说着，男生回房间拿了床被子出来。

“我老公，”许念念对朱夏说，“杨燚，四个火的燚。”

那晚，许念念跟朱夏聊了很多她跟杨燚的故事，从相遇之初的互看不顺眼，到大学的相看两不厌，再到一起来北京打拼的一眼万年，几多辛苦和辗转，把一开始不成熟的执着，用每一天的相处都变成值得。

“你信不信，每个人的排列组合，老天爷是早就安排好的，于是我每次跟他吵架，我就想，这是老天爷准备拆散我们呢，那我就要逆着他来，选择对我们都好的那个选项。我就想看看，到底能跟他走到哪里。”许念念的声音很轻。

朱夏抱着许念念的胳膊，心情稍微平复了一些。

许念念也不管她听进去多少，有些话说出来了，就想说完整：“你还记得当时我跟你说，我们俩很像吗？是真的，看到你，我真的感觉像看到世界上的另一个我，但其实我以前脾气比你还差，又轴又倔。后来我明白啦，这个世界上，能陪你吃饭聊天看电影卿卿我我的人有很多，但在你每次崩溃过不下去的时候，他能陪你崩溃，让你发泄完了，又会想尽办法和用尽时间一直在你身边，帮你治疗，让你看见没有那么多过不去，美好依然占据了大多数。这样的男生，你要爱。”

朱夏鼻子泛酸，眼泪又如约而至，从小到大的画面似电影转场在脑子里一遍遍重现着，伴着许念念频率恰好的安慰和房间里舒服的暖气，缓缓睡去了。

第二天天未亮，朱夏梦醒，从大衣里掏出手机，发现已经自动关机。充上电开机的一瞬间，邱白露和陆乘风的微信就疯狂钻进来。

张一寻昨晚跟陆乘风喝醉酒之后，穿着一件单薄的衬衫在小区楼下的垃圾桶里翻了一整晚，怎么也找不到那串手链。早上他被晨练的阿姨在垃圾堆里发现时已经休克，送到医院一检查，高烧四十度。

朱夏赶到医院，陆乘风正守着张一寻吊点滴，烧刚退下，但酒精没散，神志还有些不清。

张一寻听到朱夏的声音，不顾手上的针头，说什么也要抱着她，像个孩子一样，靠在她的手臂上，念叨着对不起，弄丢了手链，边说，眼泪边顺着情绪往外淌：“我做了个梦，梦见我从老家的楼梯上摔下来，变成了植物人，我手脚动不了，无法抱到你，眼睁睁看着你离开。醒来之后，你不在我身边，这就是世界末日！哎呀，我不想哭的。”

朱夏被弄得哭笑不得，轻轻安抚他躺下，没一会儿张一寻就又睡了。看着他浑身脏污，阵阵腥臭，朱夏捏住鼻子，这回真是从垃圾堆里捡来的了。

临近中午，邱白露赶过来，没好气地掏出那串手链，说是守了一早上，让垃圾车的师傅找到的。

朱夏感激地接过手链，轻轻拂了拂上面的灰，把手链捏在指尖转了一圈，认真地戴上。

大了点。

朱夏嗔怪，这是张一寻能干出来的事。

“要不要去换一个啊？”邱白露问。

朱夏小声说：“没事，挺好的。”

朱夏陪着张一寻，陆乘风和邱白露先行离开。从医院出来的路上，陆乘风问她：“手链是你买的吧？”

“怎么可能，一大早谁有这闲工夫，你以为我做慈善的啊。”邱白露表情夸张地回他，故意提高了车里电台的音量。

他看着邱白露，心头泛起一阵涟漪，说不清道不明，从哪个节点开始，看她的眼神就变了。

朱夏的记忆里，上一次吊点滴，还是大二的时候，不过那次是她病倒了。

从高中开始，她的体质就不太好，除了低血糖，还容易感冒，嗓子隔三岔五发炎，有一次实在烧得厉害，身体几乎不受控，大半夜校医室看不了，必须要去大医院挂急诊。她的室友第一反应是打电话给张一寻。睡得正酣的张一寻从床上跳起来，把她弄去医院守了她一个晚上。

朱夏想上厕所，来来回回醒了几次，张一寻就帮她举着瓶子，别扭地站在女厕所里。朱夏蹲在隔间，烧得意识有点模糊，突然一脆弱，莫名其妙哭了起来，张一寻很少见她哭，又不敢进去，只好伸进一只手，让朱夏抓住他。

朱夏嘤嘤着："不要离开。"

张一寻哄她："我不走，我不走。"

那是他们长那么大，离暧昧最近的一次。

高三那年，张一寻督促朱夏备考有功，终于两人考去市里同一所大学。由于不同系，只有上选修课的时候，才能碰上。张一寻跟着朱夏报了心理系老师开的恋爱心理学，每次上线都爆满，得整点刷新抢名额。

好在朱夏只是觉得听八卦还能修学分比较轻松，不是又喜欢上了哪个江湖学长。倒是张一寻，每节课听得都好认真，尤其是如何巧妙回答女朋友的送命题那个部分。

大学就是一场没有目的的奔忙，跑得裤子都磨破了好几条，张一寻跟朱夏就是没擦出一点火花。

学校外两里地有一家梭边鱼火锅，朱夏和张一寻常搭个电动三轮过去改善伙食。为了锻炼朱夏的身体，张一寻每次都故意慢吞吞地吃，吃到宿舍快关门，等三轮车没了，还骗她公交也收车了。

于是两人就可以并肩走回去。

这样一来，张一寻就能多跟她待一会儿。

夜里的路走得多了，氛围就变得有点粉红。有好几次并排走的时候，两个人的手背会不自觉碰到，旋即又默契地弹开。

聊聊月色，聊聊查寝的变态辅导员，聊聊好兄弟陆乘风，聊聊社团，总之不聊他们自己。

后来，朱夏身体渐渐好了。上大学是他们第一次离家住校，廖梅感慨女儿多亏有张一寻照顾，终于再次对他刮目相看。第二年除夕年夜饭，做了一桌子的菜，请林夕施和张一寻一起团年。

席间朱振东喝多了，慷慨陈词：“一寻和我们朱夏啊，感情深，肯定能做一辈子的好朋友。”

“也不一定是好朋友呀，”廖梅打岔道，“小孩子的事小孩自己会打算。”

张一寻和朱夏埋着头特别不自在，同步张嘴塞了一大口饭。

恋爱心理学的课上，老师有一道题，问，恋爱中的彼此因一些情况暂时不能在一起，该如何度过爱情的尴尬期，守得云开见月明？

官方答案是，先让自己成为最好的自己，未来成为配得上对方的另一半。

现实一点的答案是，熬，还没在一起，说明熬得不够，得大熬特熬。

朱夏今年的生日，张一寻送给她一份大礼。拿到书号后，折腾了几个月的封面设计和出版社排期，新书终于交付印刷。他在朱夏面前全方位展示那本热腾腾的样书，还一定要让她念扉页上的那段话。

“遇见你是一切美好的开始，送给青梅竹马的女朋友，猪宝。”

当网友们还沉浸在“王小贱”出轨的八卦新闻里时，张一寻已经向广大恨爱同胞们展示了秀恩爱的最高境界。

新书上市前，张一寻去徐老大公司签了三百本书。为此还专门找人设计了签名，在家练了几天，晚上睡觉手都不自觉在晃悠。徐老大说了，有位热心粉丝在官网订了三十本，养好体力，未来签三千本都有可能。

张一寻乐呵地打视频电话给林夕施炫耀，还去微博申请了黄V认证，上传好书号和封面，点击申请的那一刻，他告诉自己，过去已过去，新身份即将到来。

在帝都朝九晚五行列里的朱夏也一刻没闲着，市场部接了一个专做箱包的大品牌客户，他们与国际漫画家联名的新一季产品上都有一只经典的卡通狗。朱夏给的策划方案没有围绕这个本身就知名度颇高的卡通形象，而是以宠物为主题，打所有养狗和爱狗人士的共情。

她的方案很快被客户通过，总监没有给预算上限，让她放心大胆地搞定客户。短短一年半的时间，朱夏已经在策划部如鱼得水，她带领的创意A组，也是客户评价和业绩最高的。Richard对她的欣赏，不仅表现在主管会上的提及率，还在真金白银的项目奖金上。

朱夏的方案里有一条是拍摄“狗狗的一天”病毒视频，大概是主人上班后，宠物在家里的思念日常。他们在顺义租了一套别墅，因为借来的雪纳瑞不太受控制，拍了一整天都达不到效果，朱夏想了个办法，连夜修改脚本，把狗的戏份改成主观视角，就不需要真实的狗了。

与客户讨论后，花了一天时间，杀青收工。

所有人都盛赞朱夏的效率和应变能力，连视频里的男演员都忍不住撩她。

朱夏很直接，亮出手链：“不好意思，我有男朋友了。”

一个人同时处在事业和爱情收获阶段的时候，血液里都如有香槟气泡在愉悦地穿梭，每天体验着最高潮的幸福感，不会给任何桃花机会。

在挑选宣传片演员之初，朱夏找过陆乘风，但他最近都在一个网剧的组里，演一个男三的角色。

前段时间最火的网剧《灵魂摆渡》，让投资者不再把所有盼头都集中在小荧幕上，而是坦然接受新媒体观众的崛地而起。制作不大，收益甚佳。

说来也巧，那个网剧的制片人是个石家庄人，看过陆乘风一张穿着校服的婚纱照后，指明要他来出演一个角色。虽然戏份和酬劳都不多，但也算给还在泥沼里找不到方向的陆乘风伸了只手。

李亭玉出演的那部大导演的电影即将上映，最近都在跑路演，到了天津站，终于得以跟剧组的陆乘风短暂相聚。他为了角色剪了头发，干净利落，仿佛真的一夜之间回到了高中时代。倒是李亭玉，因为预告片里惊艳的舞蹈段落，让电影未映先红，短短几十天不见，私下的打扮越来越有星味。

陆乘风话本来就不多，加上时不时看手机，李亭玉非常扫兴，也滑起手机装忙。好不容易见着的一对情侣，却让这种遗憾变得更加生分，空气里都弥漫着哀伤。

微信提示音响起，邱白露迫不及待地滑开手机。

“你别再发了。”

“我是李亭玉。”又一条。

对方宣告主权，邱白露气得把手机扔去一边。

另一头，李亭玉删掉了刚刚的记录。见陆乘风从洗手间回来，放下碗筷，静静地坐在位子上。

“你明天几点的飞机？”半晌，陆乘风问道。

“下午。”

“晚上去我那儿吗？”

李亭玉兴奋地点点头，她知道，任凭眼前这个男人对世界的诱惑有再多好奇，那一刻，他至少是爱着自己的。

半个月后，朱夏策划的“狗狗的一天”病毒视频上线，公司买了很多个段子手盖楼转发，在转评即将破万的时候，某女星自发带了一堆哭泣的表情参与进来，连动着好几个圈内朋友转发，于是这支短片用一天时间变成了全网的热点事件。

“虽然是广告，但仍然看哭了。”

“为这样的业界良心广告点赞。”

“不说了，吃土也要买他们家的包。”

“……”

好评如潮水般蔓延，客户也不断发来感谢，朱夏一时间来不及消化，Richard 在公司开香槟庆祝，据说对方已经同意签订接下来的年单合同。

狂欢后，许念念把朱夏叫到办公室，告诉她另外一个好消息：“Richard 找过我，说月底会单设一个新媒体创意部，从我们这边脱离出去，你做独立部门的主管。”

“什么意思啊？”朱夏喝得有点蒙。

许念念弹了一下她的脑门：“意思是我花了两年时间办到的事，你一年多就搞定了。”

“我……升职了……”朱夏喃喃自语道。

“今后你不用向我汇报了，我俩都归总监管。”

“念念姐……”

“不要用这种眼神看我，不知道的以为我羡慕嫉妒恨欺负你了呢。”许念念把一脸哀愁的朱夏打发出去，“别掉以轻心，我可是也要发力了，你小心点。”

“尽管放马过来！”朱夏露出笑容，在门口做了个李小龙的经典动作。

心情处在热带雨林的朱夏，回到家就碰上正在冰河世纪遛弯的张一寻。

新书上市后并没有他预想的那么美好，他从第一天在北京各大书城蹲点到现在，除了线上渠道，没在线下任何书架上看到他的书。林夕施从老家同步打来电话问，说已经喊了亲朋好友去县里市里问遍了，店家都说没听过这本书。更可怕的是，廖大幅在学校专门申请了公告栏张贴光荣学子，规矩的宋体大字报写着：喜迎本校校友张一寻新书发布，×× 县作家第一人。

徐老大给他的回复是，书店铺货还没那么快，但张一寻隐隐觉得不放心，于是每天乔装打扮去各个书店，装作路人询问自己的书，以为这样能让书店老板重视。

事情的真相就是在他新书付印的时候，很多经销商就退掉了之前的订货。这一年的时间，网络上流行起睡前故事，每篇就两三千字，出版的作品多叫短篇故事集，好几个这类型的书都卖成畅销。年轻人越来越习惯碎片阅读，不再有人读长篇，国内本就不景气的出版业更没人敢做长篇。

徐老大在张一寻的再三逼问下，终于说了实话。线上目前只销售了五百册，地面城市铺不进去，这笔买卖是实打实的惨败，预付款他就当是做善事，尾款是肯定付不出来了。

张一寻不信，觉得徐老大在说笑，之前说好了要办签售会，有大作家监制，听着一点不加修饰的承诺，怎么可能说变就变。

张一寻说:“我去找合同,合同白纸黑字写好的!”

“那经纪人合同你到底认真看了吗?”徐老大问他。

“看了。”

“上面是怎么说的?”

“五个点版税,然后拿到书号三十个工作日内付预付款,尾款……”张一寻顿住了。

“尾款按照实际销售册数结,什么叫实际销售册数,就是你卖多少我付多少。就你这点儿数,我还亏了你知道吗?”

“我要解约!”张一寻拍着桌子站起来。

“解约可以啊,但是违约金那部分你看明白了不,按照自然年收取,我们签了六年,一年二十万,总价就是,我算算……二六一十二,一百二十万。”

张一寻拽起徐老大的衣领,把他从办公桌上拎了起来。他咬牙切齿道:“骗子!你知道我为这本书付出了多少?!”

“你先、先松开。”徐老大被他勒得喘不上气,张一寻松开手。他整顿好衬衫,拍了拍胸前的褶皱,淡漠地说:“赏识你是真的,合同是你签的,钱我也付了,我光明正大做生意,每天多少破事儿要对付,都在北京混,就别跟我谈付出。”

张一寻收敛了怒气,冷冷地问:“那卖不掉的书会怎样?”

“去厂里打成浆回收。”

心在深渊里又落了一层,张一寻无法生气、无法呐喊、无法毁天灭地,只能承受莫大的绝望,这一场春秋大梦最后被一桶冰冷的水浇醒,梦里所有的美好如同达摩克里斯之剑,想好要得到多少的同时,意味着已经失去了多少。

张一寻蜷缩着身子躺在床上，背对着朱夏一言不发。

朱夏疑虑，在这个情景该启用哪部分的双商安慰他？轻松一点，怕他根本不想笑，陪他一起难过，难过就没有尽头。原来只有在最深的辜负下，安慰才最徒劳。

习惯了张一寻带她逆风翻盘，这下轮到她，却不知道该如何把他从深渊里拉上来。只能用力抱着他，试图用爱去解决所有无解的疑问。

看过的动画片里，麦兜想吃鱼丸粗面，老板却告诉他没有鱼丸，没有粗面。我们有很多想要的，但现实总会在你最期待一件事时告诉你，很多事即便努力了也没用，希望越多失望越大。

电影院里，李亭玉饰演的女孩抱着男主角，眼泪如注，正向他哀求着什么。全片放映结束，很多参加首映见面会的观众已经哭红了眼，场灯亮起，李亭玉跟随主创人员上台。主持人介绍她的时候，掌声和欢呼声不断，正如制片人跟她说的，虽然她的角色戏份不多，但一定是最讨喜的那个。

观众提问环节。

李亭玉站在一边，安静地听主演们分享现场拍摄的趣事。

主持人在举手的观众里，选了一位后排的观众。

“我想问一下李亭玉，现实中的你跟电影里的角色一样吗？”

台上的李亭玉被影院的射灯照着，看不清那位观众的脸，但她对这个声音非常敏感。

邱白露举着话筒站在观众席里。

李亭玉尽量不露怯，笑着回答：“我对自己没什么要求，生活中其实挺无所谓的，但对爱的人会比戏里更在意吧。”

“言下之意，是你已经有爱的人了？”

观众笑起来，有人还在吹口哨。

台下的摄影记者像被按下开关，整齐一致地把摄影机对着她。

她双手攥紧话筒，沉吟半晌，回答：“没有。”

话筒突然发出一声凄厉的长鸣。

“看来话筒不买账啊。”邱白露紧逼着，本还想乘胜追击，旁边的工作人员眼疾手快地抢走了话筒。

首映礼结束，李亭玉跟经纪人来到停车场，正准备上车，旁边的保时捷按了喇叭。驾驶座车窗摇下来，邱白露伸着做完美甲的手，给她打了个 bling bling（闪亮）的招呼。

李亭玉坐在副驾上，车厢里的香水味浓烈得刺鼻。

“你刚刚的精彩发言，我已经第一时间录好，发给他了。”邱白露说。

李亭玉捏着指节，吐出两个字：“贱人。”

“果然够单纯，这么一下就撂狠话了，显得我们不撕会儿头发都说不过去，好没意思。”

“你们……”李亭玉停住，组织着措辞，“到哪个程度了？”

“谈婚论嫁吧，”邱白露脱口而出，见李亭玉脸色陡变，笑道，“放心，我只是单方面喜欢他。”

“……你凭什么爱他。”

“我也拦不住自己啊，有什么办法。”

李亭玉看着窗外摇摇头，道：“死心吧，他只爱我一个人。”

“成啊，不过我也劝你一句，新时代的女性不要指着男人当救命稻草。他今天可以只爱你一个，明天也可以只爱别人。结了婚的都可以撬，更何况你们还没结婚，大家公平竞争，谁也不碍着谁。”

“你可真贱啊。”

邱白露睥睨她一眼，浅笑道：“你知道吗，这个世界上的人，分为高尚的winner、贱的winner，和高尚的loser、贱的loser。等着吧，我会赢了你的，然后也让你看清楚，你输得有多么高尚。”

李亭玉突然哭了，让她停车，说罢直接上手抢邱白露的方向盘，吓得她猛然踩下刹车，险些被后面的车追尾。

“疯了吧你！你们女演员都这么戏剧性的吗?！”

“我是不会输的！”李亭玉关上车门前，扯着嗓子大喊一声，捂住嘴跑走。

邱白露在车里忍不住发笑。这些年，她践行着自己的准则，宁愿做一个完完整整的混蛋，也不愿做一个支离破碎的好人。在今晚夜谈之前，她做过万全的准备，预想过李亭玉是哪种人，万万没想到是这一种，感觉像是敲诈勒索了“静香”，跟“袁湘琴”比拼智商，要“杉菜”教人穿搭和美妆。敌人不在一个档次，这场仗一定赢得毫不费力。

00:06

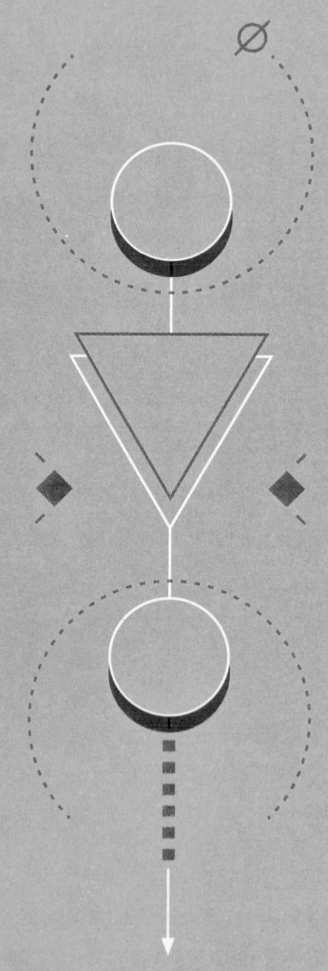